皆様、関係者の皆様

目次

JN019311

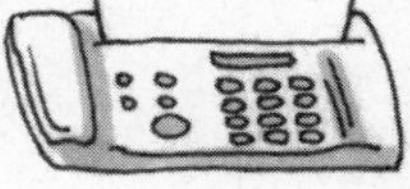

文春文庫

皆様、関係者の皆様

能町みね子

文藝春秋

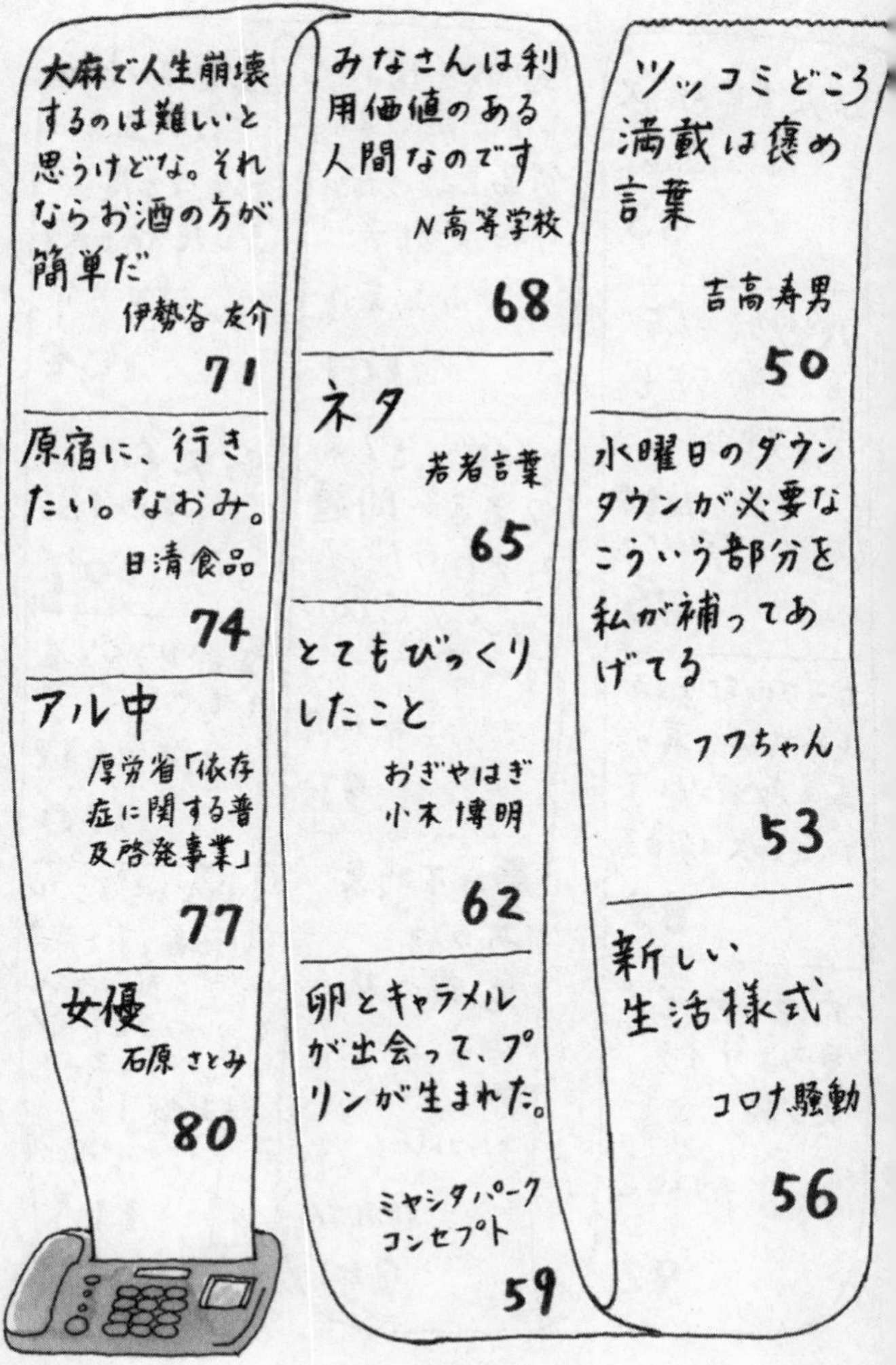

大麻で人生崩壊するのは難しいと思うけどな。それならお酒の方が簡単だ
伊勢谷 友介
71
原宿に、行きたい。なおみ。
日清食品
74
アル中
厚労省「依存症に関する普及啓発事業」
77
女優
石原 さとみ
80
みなさんは利用価値のある人間なのです
N高等学校
68
ネタ
若者言葉
65
とてもびっくりしたこと
おぎやはぎ 小木 博明
62
卵とキャラメルが出会って、プリンが生まれた。
ミヤシタパーク コンセプト
59
ツッコミどころ満載は褒め言葉
吉高寿男
50
水曜日のダウンタウンが必要なこういう部分を私が補ってあげてる
フワちゃん
53
新しい生活様式
コロナ騒動
56

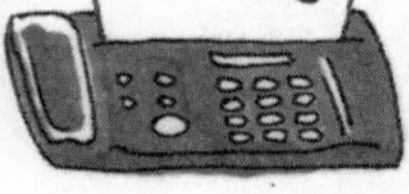

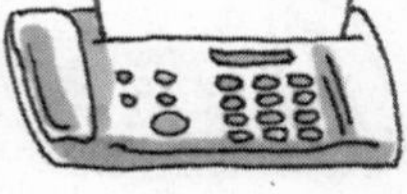

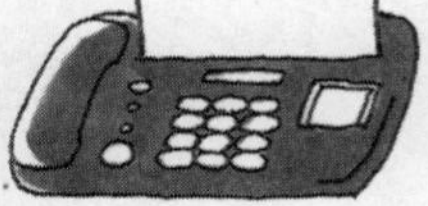

はじめに

　この本は毎週毎週、有名人（時には一般人）の口先、スマホの指先、パソコンのキーボード、はてはＦＡＸからまろびでた気になる言葉をとらえては、褒めたり怒ったり分析したり茶々を入れたりするという、週刊文春の「言葉尻とらえ隊」なる連載をまとめたものでございます。書籍化もこれで４冊目となります。皆様、関係者の皆様、ありがとうございます。今回は、２０２０年４月から２０２１年９月にかけての世間や時事をぎゅっと、だいぶ偏った調子でまとめております。

　読み返して気づきましたが、この本で取り上げた期間には、ジェンダーやフェミニズムにかかわる話題が非常に増えましたね。２０２０年末頃（「あれは漫才じゃない～」の項、「とは」の項など）から私自身なんとなく言及が多くなってきたなあと自覚はしていましたが、ちょうどそんなさなかに森喜朗の「女性がたくさん入っている理事会の会議は時間がかかる」発言で大きな騒動が起こって流れが決定的になりました。ゆるやかに変わっていく世間、そして私。この本の項目の順序は時系列で並んでいますが、西浦博さんに始まり氷川きよしさんで終わる、というのは、偶然とはいえどこか象徴的な気がします。

ところで、この連載、いつも容量の2倍近く書いてから、週刊文春の1ページに収まるようにむりやり削っているんです。なので、毎回、不要な部分や遊びの部分が非常に少ない、息苦しいほどに濃密な文となってしまっています。文章に書けなかった部分をイラストに入れたりしているので、イラスト部分まで文字でぎゅうぎゅうです。

書籍化にあたり、そのへんは少し緩和させようと思って手を入れはじめましたが、文庫本の3ページ分でも収まらないので、結局ぎゅうぎゅうです。落ちついた気分で、マスクを外してお水を飲みつつ読んでください。順序通りじゃなく、トイレなどに置いておいて気が向いたときにパッと開いたところを読むくらいがちょうどいいと思います。

文と絵　能町みね子

カバーイラスト　松田洋子

デザイン　鶴丈二

DTP　エヴリ・シンク

皆様、
関係者の皆様

すっげえ面白くなく、皆に届かないチャンネル

西浦 博

発信力について考えたい。

「これは、言わば取締りの対象には罰則がありませんから、取締りの対象ということでは、警察が取り締まるということはありません。ただ、御協力は要請させていただくことはあるかもしれません。御協力の要請ですね。御協力を要請していただくということについて、お願いをさせていただく」

意味、分かりますか。私は何度読んでも無理でした。

これは、4月7日の会見での、安倍首相[*1]の発言です。江川紹子からの、「（緊急事態宣言によって）警察が外出等を取り締まることはありえるか」という質問に対する回答。

同じく中小企業への給付金についての回答も、意味が非常に取りづらいものでした。

しかし、なんと後日、菅官房長官から江川氏に直接電話が来て、補足説明があったらしい。今までの記者に対する態度を考えると、信じられないほどのサービスです。

考えてみればコロナ騒動当初に比べ、首相は時間をだいぶ延長して質問を受けている。書面の質問も受け入れるようにしたらしい。まどろっこしい安倍節も、自分の言葉で説明したいという必死さの現れかも……って、一国の首相を評価するにはあまりに低い基準ですが、今後もぜひ「発信し、伝える」という意志を示してほしいです。

防疫対策の最前線にいて、SNSで積極的に発信しているのは北大の西浦博教授です。対策の実務に関わりながら一般人の質問にも丁寧に答えているので、もう十分だからや

指原
西浦さん がんばって!!
よっしゃああ〜
さっしーの応援でがんばっちゃう
西浦教授……みたいな、こういう
一面がSNSには必要なんだよなあ
(よくもわるくも)

めてとか、指原莉乃（西浦氏がファンらしい）の話だけでいいとか、周りからも心配されています。

しかし西浦氏は、行政の広報では「すっげえ面白くなく、皆に届かないチャンネル」しかできない、とツイッターで嘆いています。時にくだけ、本音を晒しながらも、自分でなければ伝えられないと使命感を抱いていらっしゃるようで、頭が下がります。でも、このままでは専門

家の西浦氏が庶民の素朴な疑問や怒りの受付窓口になってしまって気の毒だし、政府からも利用されそうです。こういうとき、広報に特化した機関があればいいのに。で、逆に広報に特化しすぎて困るのがテレビバラエティです。

4月9日夜、急にツイッタートレンドに「GACKT」があがる。何かと思えばフジテレビ「直撃！シンソウ坂上」で、マレーシア在住のGACKTがコロナ禍の日本を憂うコメントをしていたのでした。彼は「国の統治の仕方に根本的な問題がある」と主張しつつ、マレーシアでは補償が少なくてもみんな外出を控えていると言い、「日本は補償を求めるより各々が危機感を持って感染を抑えるべき」という論を展開。彼の言い分は「国は『要請』以上の強権を発動するべき」とも聞こえました。

そして、これを受けて「正論だ！」「確かに今は政府批判ばかりじゃダメだ！」みたいなツイートが多数出現したのでした。

GACKTが出るテレビなんてまさに西浦氏の発言の逆で、一般的に「すっげえ面白く、皆に届くチャンネル」ですもんね……。発信すべきところと、発信力を持っているところがことごとくズレている。

2020／4／23

＊1　2020年9月16日、安倍内閣は総辞職、菅義偉が内閣総理大臣に（2021年10月4日には岸田文雄内閣に）。

全く無視したこと

星野　源

星野源の「うちで踊ろう」、すっかり安倍晋三の登場でけがされてしまった。
家から出づらいこの時世、この曲（動画）にはアーティストから一般人まで様々な人がそれぞれの場所でコラボして一大ムーブメントになっていたわけです。そこに後乗りした安倍晋三は、曲を単にＢＧＭとして利用し、「このように暮らしましょう」というアピールとして自分が邸宅で王様みたいにくつろぐ様子をお披露目してしまいました。これは音楽家を無料素材扱いしているもので、コラボでもなんでもない。文化になどカネをかける必要なし、という主張を無意識にさらけ出した醜悪な動画だと思います。
私が気になったのは、これで星野源本人がどう反応するか、でした。
日本のアーティストは政治的主張をあまりしない。それはきっと本人の意向以上に、事務所とかＣＭだとか、いろいろ制約があるんだろうと同情できる部分もあります。とはいえ、世界と比べれば、しなさすぎです。

政治家の「玉虫色の発言」といえば
前向きに検討します
といいつつ別にやるとは言ってません
が代表格ですが
言語明瞭
意味不明瞭
10万円の給付を
方向性を持って検討します
は衝撃だった。
「前向き検討」ー《マイナス》「前」!!
こんなに空虚なことが言えるとは!!

彼は、わりと早くに反応しました。彼は有名人がコラボしてくれた映像をたくさんインスタ上で紹介していますが、安倍晋三のコラボについては動画を紹介せず、「安倍晋三さんが上げられた〝うちで踊ろう〟の動画ですが、これまで様々な動画をアップして下さっている沢山の皆さんと同じ様に、僕自身にも所属事務所にも事前連絡や確認は、事後も含めて一切ありません」と突き放したメッセージだけを載せました。

元の動画は好きに使っていいという前提なので、「確認もなく使うな」という反論は本来成り立ちません。しかし、無許可であることをあえて説明し、「一切」という強い言葉で嫌悪感をほのめかし、さらには肩書きをつけず、「さん」という一般的な敬称にとどめている。静かながら強い拒絶が伝わる文章でした。

ちなみに、4月9日に収録されたRolling Stone Japanのインタビューで、彼はこのコラボ企画について「『全員が自由に楽しむ』というのが条件」「観た人を嫌な気分にさせたり怒りを煽ったりするようなものは論外」と語っています。しかし、12日に問題の安倍コラボ動画が出たあと、14日深夜の「星野源のオールナイトニッポン」では改めてなぜこれを始めたかを説明し、その時は「人をバカにしたりとか、人を嫌な気持ちにさせてやろうとか、全く無視したことをやろうとか、そういう動画は僕は全く好きじゃない」と言っているのです。

前の発言と比べると、「全く無視したこと」という別の要素が加わっています。コラボして楽しんでもらいたいという本来の目的を「全く無視」、という意味でしょう。暗に安倍動画を指していると思うのは考えすぎでしょうか。

あいかわらず専門家軽視・計画性貧弱なコロナ対策を打つ政府に恐怖感は募り、それを批判するのにも疲労を覚える毎日。アーティストにもう少し本音を主張してほしいとも思うし、一方で、楽しい作品で少し現実を忘れさせてほしいという気持ちもあります。そのバランスを探る日々です。

2020／4／30

婚活中

麹町文子なる人物

4月22日、プレジデントオンラインに「これが対コロナ最強布陣『橋下総理、小池長官、吉村厚生相』」なる記事があがりました。

安倍晋三のコロナ対策をけちょんけちょんに言う一方で、「批判を恐れずに核心を突いていく『突破力』は有事のリーダーには欠かせない」と、橋下徹を持ちあげています。マスク2枚の安倍晋三か、知事や市長時代の「改革」のせいでいま大阪の保健所や病院に多大な負担を強いている橋下徹かを選ぶなんて、底なし沼に落ちるか崖から落ちるか選べと言われているようなものだと思うんですが……。

この記事は橋下徹の能力の根拠として、プレジデント社（つまり自社）の公式メールマガジン「橋下徹の『問題解決の授業』」の文章を挙げています。要はプレジデント社のステマ記事ってことですね。は〜、永久機関かよ。安倍がダメなら次は橋下だ、の世論を高めるメディア、マジ勘弁。

ところで、BUZZAP!なるネットメディアは、記事の執筆者である「麹町文子」に疑問を呈していました。この名前を検索しても、プレジデントオンラインの記事しか出てこない。しかもそのすべてが安倍政権を批判し、小池・吉村・橋下を持ちあげるもの。経歴の怪しさやおっさん臭のする文体から「他のライターの別名義か、編集部の共同ペンネームではないか」と結論づけていますが、私もそう思う。

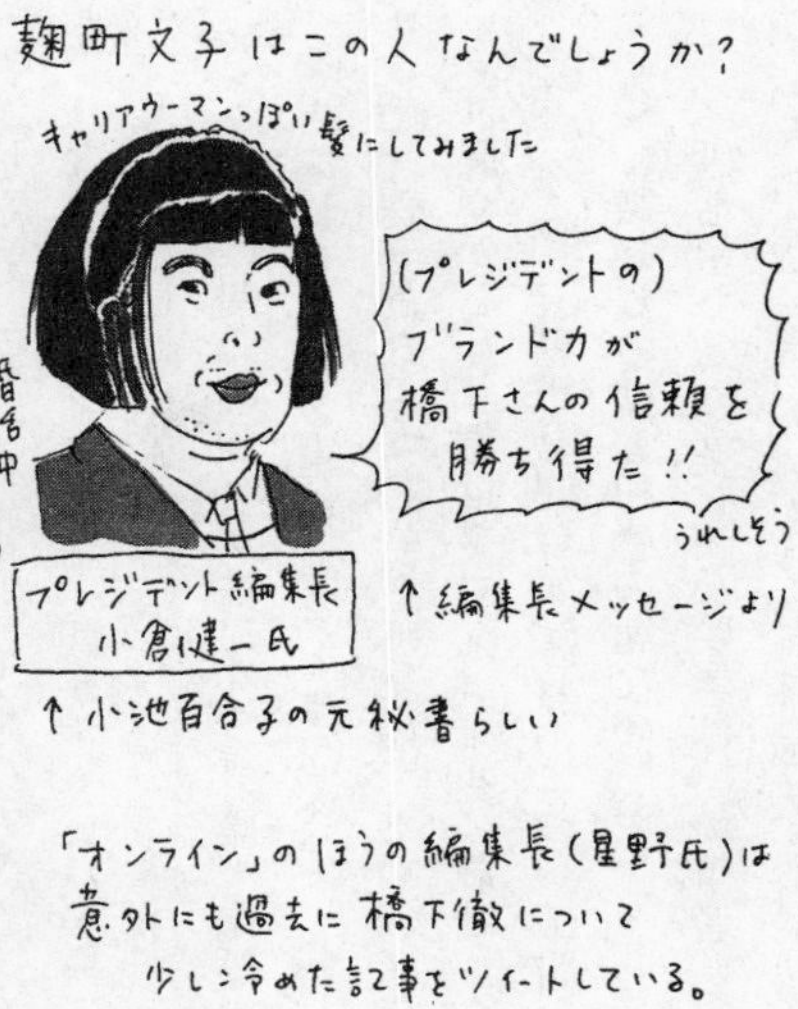

麹町文子はこの人なんでしょうか?
キャリアウーマンっぽい髪にしてみました
(プレジデントの)ブランド力が橋下さんの信頼を勝ち得た!!
うれしそう
婚活中です♡
プレジデント編集長 小倉健一氏
↑編集長メッセージより
↑小池百合子の元秘書らしい
「オンライン」のほうの編集長(星野氏)は意外にも過去に橋下徹について少し冷めた記事をツイートしている。

麹町文子とやらのプロフィールは、「政経ジャーナリスト／1987年岩手県生まれ。早稲田大学卒業後、週刊誌記者を経てフリーランスとして独立。婚活中」となっています。経歴はこういうライターの最大公約数的なものだけど、断然気になるのは文末の「婚活中」ですよ。なぜこれが要るのか。

私はこの三文字により、このライターは実際には男性だとほぼ確信しています。例えば自虐風味の恋愛エッセイを書く女性なら、「必死で婚活してるんですぅ」というアピールは確かに親しみやすさの演出になります（ジェンダー観が古臭いけど）。しかし、政治を扱う硬派な書き手がこれを入れるでしょうか。

政治に関心の強い女性なら、既婚／未婚の区別という古めかしい要素を、プロフィールに載せるほど重視するとは思えない（子育て中、と書くならまた別だけど）。仮に超・保守的な「女の幸せ＝結婚」という考えだったなら、なおさら「婚活中」なんていう恥ずかしい状態はプロフィールに載せづらいはず。

つまり、思想を問わず、政治について書く女性が「婚活中」なんてことをプロフィールに載せるのは違和感の塊なのです。

「婚活中」という唐突な要素は、執筆者が実在していると言いたいがために、効率的に「人間味」をぶちこもうとして挿入された単語だと思います。

政局を語るならあえて女性という設定にしたほうが珍しくて耳目を引くだろう。文体では女性性を演出できないから「婚活中」って書いておけばリアリティが出るはず。女もこういうところに共感するだろ？……みたいな。こういう、女性を侮る考えがまさに日本維新の会そのもの！　って思う。

2020／5／7・14

岡村隆史氏本人にも責任を取らせるべき

藤田孝典

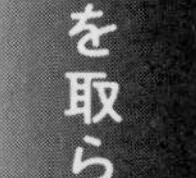

AMの深夜ラジオには圧倒的に男性パーソナリティが多く、下ネタが多くてホモソーシャルな空気がある。それでも私は好きな番組がいくつかあるのですが、ナインティナイン時代から数えれば歴史的長寿番組である「岡村隆史のオールナイトニッポン」にはなじめませんでした。もうすぐ50の男性がいまだに風俗の話を頻繁にするというのは、正直ちょっと聞いてられない部分がある。

で、この番組が大々的に批判を浴びました。「コロナのせいで風俗に行けない」というリスナーの相談に対して、収束したら美人が短期で風俗に入るからそれを楽しみに今がんばろう、と答えた岡村氏の発言が大バッシングを受けたわけです。福祉が拡充しておらず、お金に困った女性が風俗業に流れざるをえない現状を見ていないとして、「生存のためのコロナ対策ネットワーク」の共同代表である藤田孝典は「異常な発言」「最悪レベルの下劣さ」と強烈な言葉で非難。これが端緒となり、全国紙に取り上げられる

「叩いて効果のある人」といえば
それは芸能人ということになる。
岡村隆史
女性蔑視
差別
責任
10代女性へのセクハラ疑惑
ホームページで一方的に謝罪文
意識に残ってないけどね！という言い訳つき
5/1の放送で謝罪の予定…（原稿執筆時点で）

ほどの騒動になりました。

岡村発言は確かに擁護できないものです。「美人が短期で入る」背景にコロナによる貧困があることを彼は分かりながら、その苦しい立場に思いを寄せるわけでもなく、男同士でその状況を喜び合おうというのはかなり下品です。

ただ、私はこの騒動、特にきっかけとなった藤田氏の発言にどうも冷めた目を向けてしまう。

まず、藤田氏はこの問題を取り上げた記事上で「本稿ではセックスワークの是非を議論することはしないが」とさりげなく逃げていますが、ここは重要な点です。ある職種について「是非」を議論する余地がある、と考えている時点で、彼にとってはセックスワークそのものが是非の「非」寄りであり、「職業に貴賤なし」と考えていない可能性が高いからです。ここを一旦つきつめておかないと、セックスワーカーはすべてやるべきではないことをやらされている被害者である、と極端に単純化されてしまいます。

もう一つ、これはオーバーキル（過剰な追い込み）だと思うからです。ラジオリスナーなどから岡村氏擁護の反論が来たせいもあって藤田氏は日を追うごとに言いぶりがきつくなり、「（深夜ラジオで度を超えた人権侵害が許されるなら）公共性を鑑みて深夜ラジオなど自粛したらいい」と過激になり、「岡村隆史氏本人にも責任を取らせるべき」「NHKは出演番組の構成も含めて処遇を検討してほしい」と、彼の仕事を潰すべきだとまで示唆しています。

12年前、倖田來未はラジオで「35歳を超えたら羊水が腐る」という悪趣味な冗談を言って謹慎に追い込まれましたが、私はこれだってオーバーキルだと思う。政治家じゃないんだから、本人の真摯な謝罪で十分でしょう。

そんなことよりほぼ同時期に、まぎれもない政治家である馳浩が、10代女性の腰に触れたという明確に被害者のいるセクハラ行為を指摘されていて、まともに謝罪もしていない模様。こちらのほうがよほど一発辞職モノだと思うのですが。

なるほど、世間的には岡村隆史の一件のほうが話題にしやすいみたい。分かるよ、芸能人を批判するほうが楽なんだよね。政治家よりしっかり謝罪してくれて溜飲が下がるもん。私も自戒する。

2020/5/21

室井さん♡米山さん

朝日新聞

作家・室井佑月と前*新潟県知事・米山隆一の結婚、という一報には驚きましたが、もっとびっくりしたのは、5月10日の朝日新聞朝刊に載ったベタ記事による報じ方です。記事タイトルが「室井さん♡米山さん」これだけ。♡マークつき。「結婚」という文字すら入っていない。スポーツ紙やワイドショーならまだしも、全国紙で♡って。これはアレだ、つきあい始めた2人を中学の同級生が茶化すヤツだ。登校してきたら黒板とかに落書きされちゃっててね。ヒューヒュー熱いね！　とか言われて。昭和の学校。

紙面でタイトル文字数に制限があるのは分かりますよ（実際、デジタル版ではしっかり結婚という文字が入っている）。いや、でも「室井さん米山さん結婚」の10文字なら多分1行に入るんですよね。厳密には「結婚へ」にしなきゃいけないのかな。ま、別に2行にしたっていいしなあ。細かく過去記事をチェックできたわけではないけど、結婚報道を全国紙が「♡」の一文字で表したことなんて、おそらくほとんどないんじゃないでしょうか。

　ともあれ、この♡がどうも気持ち悪いなと思ってしまったのは、単に表現が軽薄だからというだけではない。

　そもそも私は、結婚＝「♡」なのか？　という疑問があるのです。あらゆる価値観がひっくり返され多様化していくこの時代に、結婚という古い制度なんてまさに変化の渦中にあるわけです。

　夫婦別姓の問題とか、同性婚問題だとか、契約結婚だとか。そんな時に、有名人と有名人が結婚したよというニュースに全国紙としての報道価値があるところまではギリギリ認めるとしても、少なくとも♡の記号一つで表すもんじゃないでしょう。リベラルなはずの朝日新聞ともあろうものが、こんな保守的な定義に安易な記号で乗っかるなよ、と。
　そして、仮にたとえばこれが保守系の

政治家同士の結婚だったら、朝日新聞は（いや、たぶんほかの新聞も）♡なんかつけないでしょう。芸能人同士だったとしても、果たしてそんな書き方するかどうか。

室井佑月、米山隆一ともに、ツイッターで積極的に発信している人物で、２人ともわりと論調が朝日新聞に近い人たちです。そのせいか、記事を書いた「朝日新聞の中の人」から、「仲間たちの結婚だから、意外性も含めてテンション上がっちゃってます！」みたいな鼻息の荒い雰囲気を感じるのです。それがちょっと気持ち悪い。室井さん♡米山くん♡おめでとう！　って書かれたピンクの寄せ書き色紙が別に親しいわけでもないクラスのみんなに回ってきちゃったみたいな気分。

結婚を報道すること自体は別にいいけど、「♡」をつけることで、結婚への保守性、サークルノリの薄ら寒さ、さらには自紙のイデオロギッシュな面まで見えて、それが私は嫌なんだな。政治・社会面の記事にイデオロギーが乗っかるのはもちろんいいんですけど、プライベートに関する報道にまでそれが滲んでいると、自ら分断を深める方向に行ってる気がしてならないよ。淡々と報道してくださいね。

2020／5／28

＊２０２１年10月31日の衆院選、新潟５区で出馬し初当選。

衆院のやつ

大西宏幸

幻冬舎の「自称天才編集者」である箕輪厚介のセクハラ事件。断り続けるライターの女性にしつこく迫った恥ずかしいメッセージが文春オンラインで公開されたのに、逃げおおせるつもりなんでしょうか。

最初の報道があった*5月16日の3日後、彼は日テレ「スッキリ」に平然と出演し、事件には一切触れませんでした。22日の日テレ「新・日本男児と中居」にもしっかり出演しています。箕輪氏の個人サイトでは、ボスの見城徹から「（箕輪は）【癒着】する天性の才能を持っている」と絶賛されてますので、日テレと癒着されてらっしゃるのかもしれません。

箕輪氏は本来ツイッターの書き込みが盛んな人ですが、セクハラ報道の翌日の17日午前8時に「トマトがめっちゃ育ってきた」とまったく関係ないツイートでとぼけてみせ、その後も当然セクハラ事件には触れていません。一度「トラップ。よろしくおねがいし

このたび処女長編
小説「衆院のやつ」を
上梓いたしました！
大西宏幸
俺が編集
しました!!
大西さん
天才!!!
俺が
売る!!!
衆院の
やつ
大西宏幸
セクハラなんか
女にとって
かすり傷
執筆期待してます。

ます」と、ハニートラップにかかったという主張をほのめかすツイートをし、それも叩かれてすぐに消し、あとはひたすら、自ら作った堀江貴文の本の宣伝をしています。自分ではほとんど書き込まず、堀江本の発売を待望する一般人の感想をリツイートすることなんと約３００回（おおむね24時間で）。もともとこういう宣伝の仕方をする人だとはいえ、とんでもない数です。

　堀江氏は都知事選出馬も噂されており、元からこのタイミングでガンガン宣伝していきたかったんでしょうが、自らのセクハラ事件を隠蔽したい気持ちのほうが強いと見えて、勢いがすごい。自らの過ちを早く情報の渦に流してしまいたい焦りが見えて、醜いことこの上ない。

　ところで、規模は違いますが、同じようなことをしている人が国会議員にもいます。検察庁法改正案の大事な審議中、退屈のあまり小説を読むという愚行を報じられた大西宏幸議員。本人は「読んでいたのは『衆院のやつ』」と謎の弁解をしましたが、実際に読んでいたのは『皇国の守護者1／反逆の戦場』と、タイトルまで報じられています。念のため調べてみましたが、『衆院のやつ』というタイトルの本はアマゾンにはありませんでしたよ。

彼も議員のなかではツイッターを積極的に利用するほうですが、この件を忘れてもらうために報道後は丸5日間書きこまず、その後はほかの議員等のリツイートを連発。自分以外の人の情報の嵐でミスをうやむやにしたいという意図は箕輪氏と同じですが、ほかの大きなニュースにも埋もれ、「罪状」が軽かったこともあり、箕輪氏よりだいぶ効率的に世間から事件を忘れさせることに成功しました。よかったね。

ちなみに大西氏、なんと過去に「神々の関ヶ原」なる小説を電子書籍のみで発売しています。ざっくり読むと、戦国時代に吸血鬼やらミイラやらが出てくるファンタジー小説らしい。この小説は、「ふっー。これは大敵だったぜ」とか「グハッ……」とかいう漫画っぽいセリフが多用されています。お世辞にも文章がうまいとは言えず、これは確かに審議中にちゃんとした小説を読んで勉強しないといけないなと思いました。早く議員を辞めて小説一本でがんばってください。

＊2020年6月8日、自身のツイッターで番組出演等の活動を自粛すると発表。

まして政治批判とは検討を加え判定・評価する事です

三原じゅん子

　三原じゅん子といえば、国会での「恥を知りなさい」発言だったり、神武天皇を実在の人物だと信じていたり、高圧的で無知性で迂闊なイメージが強いんですが、そんな人がネット上の中傷を防ぐ自民党プロジェクトチームの座長になってしまいました。怖っ。

　彼女は、取り締まってほしい例として一般人から寄せられた「(あいちトリエンナーレでの)昭和天皇への侮辱な画像とかも」というツイートに、「本当ですね」と返しています。あの件は、仮に侮辱だとしても「ネット上」でも「誹謗中傷」でもないわけで、彼女は規制の範囲を広げる気満々です。あと、蛇足だけど「侮辱な」なんて日本語はないですよ。ネット上にはびこる「愛国者」と自称する人たち、まず日本語を愛してよ！

　さて、これに対し町山智浩が「(議論のきっかけとなった)*木村花さんを政治に対する批判封じ込めに利用しないで欲しいです」と書いたところ、三原氏は「批判と誹謗中傷の違いを皆さんにまず理解して頂く事が大切。まして政治批判とは検討を加え判定・

評価する事です。何の問題も無い。ご安心を」と返しました。

　一見して、すごく変な文……。

「まして政治批判とは検討を加え判定・評価する事です」って、意味分かります？ まず「まして」の使い方がおかしい。「政治批判」という言葉から想起されるイメージともズレている。「検討を加え」る対象も不明。取ってつけたような文です。取ってつけた……もしかして彼女、「批判」と「誹謗中傷」の差がうまく書けなくて、辞書に出てきた文を「取ってつけた」のでは？

批判なき政治を！
検討を加え
判定・評価する
のではなく
まして欠点を
侮辱な指摘するとは
恥を知りなさい！
今井
三原じゅん子が言いそうな崩壊日本語
このイラストは批判ではなく揶揄《やゆ》です。

　この予想、見事に当たってしまいました！

　グーグルで「批判」を検索すると、一番上に「1 物事に検討を加えて、判定・評価すること」というデジタル大辞泉の定義が出てきます。これを少しアレンジしただけですね。

　いや、別に辞書を参照するのはいいん

です。ググって一発目に出てくるヤツを使うのは安易に過ぎると思うけど、あえて辞書的な意味を確認することはおかしくありません。しかし、彼女は辞書に頼ったことを隠したいのか、引用元を示さず自己流に切り貼りするから文章が日本語として崩壊している。やっぱり「自称愛国者」は日本語を愛していません。

さて、「批判」の項目の「2」を読むと、「人の言動・仕事などの誤りや欠点を指摘し、正すべきであるとして論じること」とあり、用例として「政府を批判する」とあります。ほらー、「政治批判」、絶対に2の意味じゃん‼　そりゃ1ではピンと来ないわけだよ。「誤りを指摘」されるのは嫌だから1のほうにしたのか、それとも全く何も考えず1つめを選んだのか。このツイートに彼女の迂闊さ、無知性ぶりが全部出ちゃってます。

思い返せば、かつて自民党・今井絵理子は「批判なき政治を」という衝撃的な主張をしていました。思いっきり「批判」を否定して当選しているわけです。まず批判と誹謗中傷の区別をつけるべきなのは自民党からですよ。私のこの文章は「誹謗中傷」じゃなく「批判」ですからね。辞書もしっかり読んでください！

2020／6／11

＊恋愛リアリティ番組「テラスハウス」に出演中、ＳＮＳで誹謗中傷され、亡くなった。

女性の強み

小林武史

　雑誌pen6月15日号の特集は「ジェンダー」。penといえば、食・旅・アートなど毎号一つのテーマを掘り下げる、オトナの男性が読んでいる雑誌というイメージです。こんな特集は意外です。
　先に言えば、ジェンダーについて世界の現状を解説する記事とか、著名人のインタビューとか、メインの記事は十分に面白かったです。しかし、残念ながら、冒頭に載っている音楽家の小林武史のコラムでいきなり蹴つまずいてしまったのです。
　小林武史は雑誌特集と同じようにジェンダーをテーマとして執筆しているのですが、まずコロナ禍における安倍首相と小池都知事の対応の差に言及します。安倍首相は「強いリーダーシップを意識し」「男らしさを振りまきながら」行動するが、コロナについては組織の事情に流された。しかし、小池都知事は命を優先し、「種をつなぐことが未来につながる、その事実を素直に優先できるのを女性の強みとして（略）巧みにアピー

ムード歌謡だとか
新たな東京銘菓だとか….
〽真っ赤に光る虹の橋….
〽東京…東京…
東京アラート….
東京アラート
「東京アラート大喜利」も
さかんになっております。

ルした」のだそうで。

つまり彼は、非常時には女性のほうが強い、と言っているのですが、彼が語る「女性性」は「種をつなぐ（＝子供を産む）」というような生理的な部分に偏っています。これって大変な偏見ですよね。女性の役割や行動原理についてまず「子供を産む」が第一に出てきちゃう男性、率直に言ってちょっと気持ち悪い。こんな考えを元にしながら、最終的には女性の社会への台頭を歓迎もしているので、なんともまとまりのないコラムになっています。蛇足ですが、彼はマツコ・デラックスについても「ジェンダーを離れている」なんてサラッと書いていますが、マツコ氏はやや過剰な女性的記号を纏っているのだから、むしろジェンダーとの距離感を強く意識している人だと思いますよ。もう少し言葉の意味を考えて書いてほしいものです。

ところで、その「女性ゆえに強い」はずの存在である小池百合子は、コロナを再警戒して「東京アラート」なんて言い出しました。『女帝　小池百合子』を著した石井妙子は、かつて小池氏が「ユリノミクス」を提唱したことをネットの対談記事で取り上げ、「(小池氏は)ゴロのいいキャッチコピーをまず考える。でも、中身は考えない」と斬り捨てています。確かに彼女は今までも「レガシー」だの「ロックダウン」だの、新鮮味のあるカタカナをすぐ使っていました。「東京アラート」はその総決算。いくら調べても「東京アラート」自体に大した意味があるとは思えません。

しかし、テレビの街頭インタビューでは、スーツ姿の会社員が「東京アラートが出たから心配です」なんて話す姿を頻繁に取り上げ、「東京アラート」があたかも一般に周知されているかのように扱っていました。「東京アラートって何なんですか?」って素直に疑問を呈す人もちゃんと使ってよ。みんな中身は全く知らないと思うよ。

小池百合子は「女性の強み」なんてものが奏功してるわけじゃない。新鮮なキャッチコピーを作り、カタカナでアピールするのがうまいだけです。

2020／6／18

〇〇の妹です

YouTuber

5月24日、埼玉県で36歳のY（仮名・息子）が両親を殺すという痛ましい事件がありました。文春オンラインに載ったこの事件の詳報には、ちょっと不可解なことが書いてあります。

容疑者Yは以前から近所で急に知らない人に支離滅裂なことを話しかけるなどしていたそうなのですが、そんな中で偶然YouTuberのX氏に出会い、「X氏との交友が、事件の引き金となった可能性も」あるというのです。

いまいち意味が分からず検索してみると、「X氏」はすぐに突き止められました。しかし、YouTube界にこんなジャンルがあることにあっけにとられてしまいました。

茶髪で歯があまりないX氏は、YouTubeあるいはマイナーな生配信サービスを使い、パチンコの動画などを上げています。それだけならともかく、似たようなチンピラ風の配信仲間（というか、敵？）とリモートで口喧嘩をする動画もよく上げています。煙草を吹かしながら巻き舌で「テメェ、〇〇ディスってんだろ」「もう一回言ってみろテメエこの野郎」なんて言葉遣いで、第三者から見ればまったく不毛な罵り合いをしています。

一般的にYouTuberといえば、はじめしゃちょーやヒカキンなど、子供を相手にしたたわいもない企画やゲームの実況、かわいい動物、芸能人のプライベート風の動画……というイメージじゃないでしょうか。繁華街のビル裏をそのまま落とし込んだかのような、こんなYouTuberがいるなんて……。

X氏は後に事件を起こすYに街でたまたま話しかけられてYを面白がり、配信のネタにするために親しくなって家にまで上がり込んだらしい。Yの父親から「息子は統合失調症なのであまり関わらないでほしい」と注意されたものの、意に介さず、親への妄想じみた不満を述べるYを「アイツ（親）ヤッちゃえよ」などとふざけ半分で焚きつける動画もありました。文春オンラインの記事はこのこ

とを指していたのでしょう。

最近のYouTube界隈の、底のよどみはひどいな。

有名人が亡くなった時、ふざけて「(有名人の)〇〇の弟です」などと名乗り、嘘の謝辞を述べたりしてアクセスを稼ぐ胸糞の悪いYouTuberも最近問題になっています。

この手の人たちには、さらに悪質なパターンがあるのです。

あるYouTuberは高齢の男性で表情がぼんやりしており、しゃべりもおぼつかないのですが、ラッパー風の衣装などかなり違和感のある服を着て、「〇〇(有名人)の妹です」などと主張しつづけるふざけた動画を多数アップしています。その異常さゆえにアクセス数も多いのですが、とても彼が意志を持って自主的にやっていることとは思えません。誰かにむりやりやらされているとしか思えないのですが、誰が一体どんな経緯でこんなことをしているのかと思うとゾッとします。

善悪の判断や、自分が何をしているかの判断がつかない人を、暴力などでイジメぬくわけでもなく、おもちゃのように扱って何かやらせて嘲笑う動画はYouTubeに大量に上がっているのです。一部YouTuberのモラルは落ちに落ちています。もう少しこの不気味さは知られてほしい。

2020/6/25

黒人の命を軽んじるな

Black Lives Matter

ミネアポリスでジョージ・フロイドさんが警察官に殺害された事件以来Black Lives Matter（BLM）運動が盛んになり、日本でもかなり人口に膾炙するようになりましたが、これを日本語でどう訳すのかはかなり難しそうです。

新聞などで書かれる「黒人の命も大切だ／黒人の命は大切だ／黒人の命が大切だ／黒人の命こそ大切だ」という言葉には、日本語話者としてどれもどうもすわりの悪いものを感じます。

ピーター・バラカンさんは、「黒人の命を軽く見るな」と意訳したようです。翻訳家の池城美菜子さんも「黒人の命を軽んじるな」と訳しています。ああ、こっちのほうがしっくりくる。なんでだろう。

英語は苦手だけど、私だって日本語を40年操ってきて日本語のニュアンスは理解しているつもりです。ここで、「黒人の命も／は／が／こそ大切だ」の、それぞれのイメー

ちなみにGoogle翻訳で
"black lives matter"を訳すとなぜか
「黒人生活」と出てきます。
English
Black lives matter
Japanese
黒人の生活が重要
もう少しがんばれグーグル
アタマを大文字にするとなぜかさらに変わる

ジを考えてみたい。

「黒人の命は大切だ」はフラットな表現ですが、単に「命は大切だ」と言った場合、ヤケになった若者をたしなめるかのような表現になります。当事者すら特に意識していなかったこと（黒人の命）にあえて着目してみました、という感じにも聞こえます。そんなスタンスは、今回の運動の方向性とは違います。

「黒人の命が大切だ」は、アタマに「今こそ」なんてつけたくなる、何かの目的として「命」を使用するような印象を受ける表現です。違和感が強い。

「黒人の命も大切だ」は、「ほかのものと同様に」という意味が入ってくるので、「白人と同様に黒人の命も」という表現になります。「白人も黒人もみんな大切」では、いま黒人差別がテーマとなっていることの意味がつぶされてしまいます。

かといって、「黒人の命こそ大切だ」では、ほかの命よりも優先されるという意味になるので、言い過ぎです。

要するに、「大切」という言葉がそもそも合わないんじゃないのか。matter を英和辞書で引くと、「しばしば否定・疑問文で」と注釈があります。〝not matter〟という否定の形で、「重要じゃない、どうでもいい」というふうに使うことが多い単語だということです。

だから、肯定文で単に〝matter〟と言った場合、日本語では「どうでもよくない」と二重否定するのが適切な訳なんじゃないでしょうか。

日本語は婉曲が多く、良くも悪くも柔らかい表現を好む言葉なので、強い主張をするときは命令形を使うくらいでいい。「大切だ」ではふんわりしてしまいます。Black Lives Matter の訳は、二重否定を使って「黒人の命はどうでもよいものではない」とするほうが原意に近く、そこから命令形に意訳して「黒人の命を軽んじるな」などとするのが日本語としていちばんぴったり来るのだと思います。

ちなみに、最新の優秀な機械翻訳サービスである DeepL に〝Black Lives Matter〟をかけると、「ブラック・ライヴズ・マター（黒人の命を軽んじるな）」と出ます。まー、スキのない翻訳！　DeepL、オススメなので検索してみてね。

2020／7／2

#木村王位大反省会

将棋ｃｈ

*藤井聡太七段が木村一基王位に挑戦する王位戦の第一局2日目。藤井七段が勝利しました。すると、アベマTV「将棋ｃｈ《チャンネル》」の公式ツイッターはこう記しました。

「木村王位相手に藤井七段圧勝!!／ABEMA見届け人のコメント欄も『木村王位が遠い目をしてる…』『攻撃が全部繋がった…恐ろしい子』『こんなことある…?』／と怯えていました…#木村王位大反省会（涙の顔文字）」

　この報告に、将棋ファンが続々と怒りのツイート。

「木村王位への敬意のかけらも感じられない」「商売する身からすれば藤井七段しかいらんのか」「圧勝?　少しも隙を見せられない展開でしたけど」そして「大反省会するのはAbemaの将棋担当だ」と。

　将棋ｃｈは明らかに藤井聡太に肩入れしています。もちろん「木村王位大反省会」なんてイベントは存在しないわけで、「敵」が七番勝負の初戦に負けただけで、勝手にハ

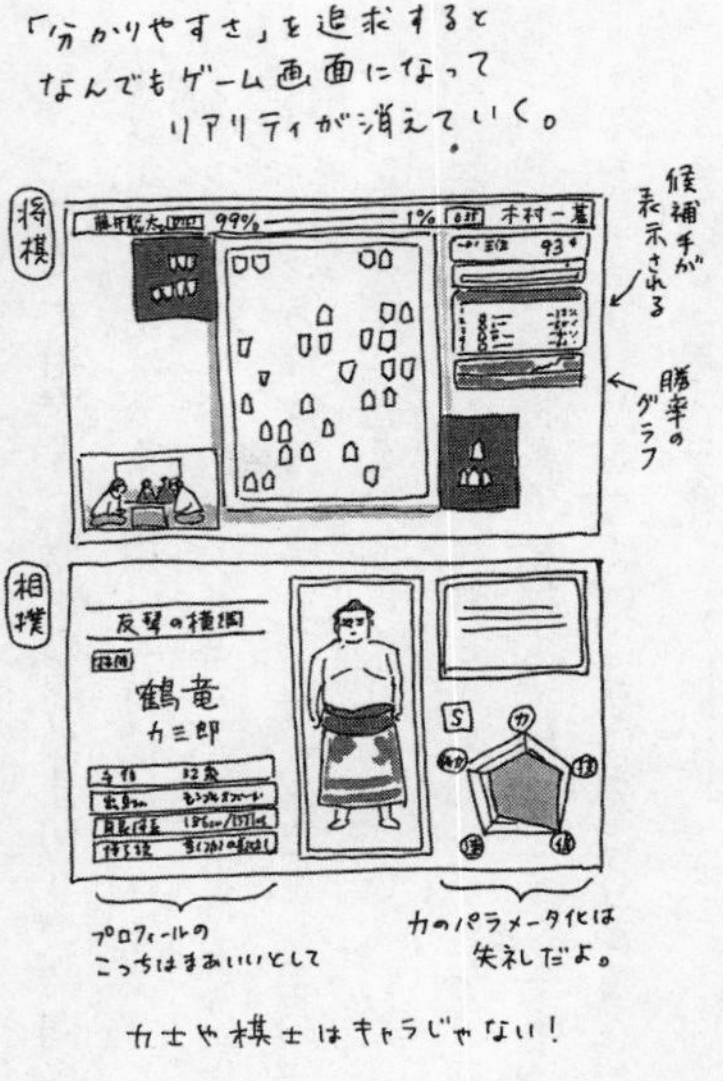
「分かりやすさ」を追求すると
なんでもゲーム画面になって
リアリティが消えていく。
将棋
99%
1%
木村一基
候補手が表示される
勝率のグラフ
相撲
鶴竜
力三郎
プロフィールのこっちはまあいいとして
力のパラメータ化は失礼だよ。
力士や棋士はキャラじゃない!

ッシュタグを付けて「大反省会」と言い出すなんて、からかっているも同然です。公式アカウントはこの後ハッシュタグだけ消してツイートし直したので、マズいことをしたという自覚だけはあるようです。

将棋chは、画面上に「藤井七段の現在の勝率99%」みたいな形で、AIが判断した対局中の形勢をグラフで表示しています。これもド初心者にはいいかもしれませんが、将棋を見慣れている人にとっては興醒めになりそうです。

なんで将棋について門外漢の私がこの話をしたかというと、大相撲ファンの私がアベマの大相撲中継に感じていることとほぼ同じだ！と妙な共感を覚えたからです。

たとえば、何編かに分かれたこの対局のダイジェスト版動画のタイトルを見ると、「長考の藤井聡太、間違えると負けの大クライマックス」「97%！！！藤井聡太圧倒的優勢」「藤井七段のおやつもぐもぐタイム」……コテコテに分かりやすく、キャラ付けもされている。

アベマ大相撲も、取組の間の仕切りの時間になぜかヒップホップ風のBGMが流れるほか、去年はある取組に「首投げでグキッ⁉　骨が折れちゃいそう！」なんてタイトルがつけてありました。本当に首が折れそうだった危険な取組を何だと思ってるんだ！　だいたいあれは首投げではない、決まり手の知識がない奴がテキトーなことを書くな！　首を抱えて、抱えた側に捻り倒しているのだから首投げではなく首捻りであって（以下マニアの独り言なので略）と私は一人怒ったものでした。

アベマは、将棋も相撲も、徹底して「若者や初心者がとっつきやすく」という方針なんでしょう。だから悪気はないのは分かるんだけど、その方向性がとにかく「分かりやすさ」と「キャラ化」に傾いている。

これってものすごくテレビ的です。ネットメディアって、テレビよりも新しいふりをしながら、むしろ旧来のテレビ的演出をさらに下世話に強化しているだけなんですよね。

でも、将棋にとっても相撲にとってもアベマは貴重なチャンネルで、放送してくれるだけで本当にありがたい、という面もあるんです。文句が言いづらいわけ。多少キャラ化するのは仕方ないけど、棋士や力士への敬意だけはどうか、どうか欠かさずお願いします。

2020／7／16

＊2021年7月3日、史上最年少で最高段位・九段に昇段。

何かの機会を見つけて僕に直接、相談してほしい

斉藤慎二（ジャングルポケット）

有名人が昔のいじめられ体験を語る記事、時々見ます。自分の被害を語ってから、「抱え込まずに親や先生に相談しよう」「立ち向かおう」「いや立ち向かわなくていい、逃げよう」「いま耐えれば将来はきっと楽しいことがある」みたいにアドバイスしていることが多いように思います。

しかし、私が過去にいじめられていたときのことを思い出すと、できないことだらけです。

親の悲しい顔を見たくないから相談なんかできない。親以外の大人なんて気軽に話せないから、先生に相談などもってのほか。それに、大人に相談することで、哀れな「いじめられっ子」の烙印を自らに押すことになる。立ち向かうのはもちろん、逃げるのも現実的には無理。将来に楽しいことがあるなんて、誰が保証してくれるのか……。

いじめられている状態は、心理的に八方塞がりです。上に書いたようなアドバイスが

動画インタビューもあります。
ものすごく輝いてる
でした。
せっかくすばらしいインタビューなのだから
もう少しスタイリングとかしてほしかった。笑

悪いとは思わないけど、当事者はたぶん、あまりスッキリはしない。私自身、もし「つらい思いをしている子にアドバイスを」と言われたら、結局さっき書いたようなことを言い、「これでいいんだろうか」とモヤモヤしてしまうと思います。

しかし、読売新聞の企画「#しんどい君へ」に載った、ジャングルポケット・斉藤慎二のインタビューは衝撃的でした。彼が受けたいじめは、袋叩きにされながら「泣いたら俺たちが悪く見えるから笑え」と言われる、彫刻刀を背中に刺される、先生からいじめの原因を探そうと言われ、クラスのみんなから短所を言われるなど、学校全体が敵となるような壮絶なもの。

それを踏まえ、彼は「つらいこと、苦しいことがあったら、何かの機会を見つけて僕に直接、相談してほしい」というのです。

親や先生ではなく、「僕」！

彼は当時を振り返って「親に早く相談するべきだった」と言ってはいますが、おそらく簡単に相談できない子供の気持ちが見えています。とはいえ、まさか「僕」を出すとは。

これは単に、「自らの労も省みず、頼りになるなあ」という話じゃない。この言葉で、急に未来が見える子供が少なからずいると思うんですよ。

いまいじめの被害に遭っている子はそれぞれ環境が違うから、みんなに共通した具体的な未来を提示することなんて難しい。仕方なく漠然と「将来はきっと楽しいはず」と投げかけたところで、言葉は響きません。でも、絶対に存在する「僕」を目標としてさらけ出せば、誰かにとって未来が具体的になるのです。

学校と家という狭い世界に閉じ込められて自力では今どこにも脱出できない子供が、もう少し大きくなったらファンとして、あるいはもっと大人になってからお仕事で、あの人に会えるかもしれない、そういう未来があるかも、そこまでの道のりが現実にあるかも……と思うだけで、爆発的に世界が広がるはず。この一言は、動画やテレビで彼を見るたびにそんな具体的未来を想像することができる、すごい言葉です。私もいまこれを書いてて子供返りして泣きそうになっちゃった。

2020／7／23

ツッコミどころ満載は褒め言葉

吉高寿男

鈴木おさむが「大映ドラマぽい感じに」「世の中をざわつかせることがこのドラマを作る目的なんじゃないかな」といって作ったテレ朝「M 愛すべき人がいて」。浜崎あゆみを描いた赤裸々な小説のドラマ化のはずですが、「あゆ」のストーリーは二の次。変な眼帯をした謎の秘書（田中みな実）を初めとした極端なキャラの大渋滞、主人公らの棒読み演技などで十分話題にはなりました。

さて、ジャンルは違いますが、Netflix のアニメ「日本沈没２０２０」も本筋と違う点で話題です。原作はもちろん小松左京。現代の一般市民の視点にしてリメイクしたものだそうですが、「失笑残酷脱力災害アニメを切る」なんてタイトルの酷評レビューがバズり、ノベライズ版にツッコミを入れまくった記事まで軽くバズっています。

私は皮肉にもそれでノベライズ版が気になり、読んでみました。先入観があったとはいえ、実際、稚拙です。いちばんひどいのは、視点が統一されていない点です。

例えば、主人公の母が乗る飛行機が衝撃音と共に激しく揺れると、さらりと「海底火山の噴石の一つが旅客機の右翼のエンジン部分に直撃したのだ」と神の視点での解説が入ります。その直後、彼女は向かいの女性乗務員が怯えているのに気づき、「(乗務員からは)黒煙をあげる大破したエンジンが見えているのだ。冷静でいられるはずはない」と納得してしまいます。えーと、一乗客が、海底火山の噴火やエンジンの大破をなぜ一瞬で把握したの？

吉高寿男氏はドラマ「M」の
再ノベライズ化ならぴったりだと思う。
姫野は「許さなーーーーーい!!」と言った。その時だった。バゴーン!!とドアが開き、マサは「ギャビーン!!」と

万事この調子で、作家としての「神の視点」と、登場人物の主観の視点が当然のように一体化しています。単純な言葉の間違いも多く、ライトノベルとして見ても厳しい作品です。

さて、ドラマ「M」について浜崎あゆみ本人は沈黙していたのですが、最終回の後、ついにコメントを残しました。浜崎あゆみは、鈴木おさむが「めちゃくちゃ怒ってたらどうしよう」「僕の妄想としては、最終回が終わった後に、インスタとかで『このドラマ、最低だけど最高！』なんてことを書いてくれたら」と書いていたことに触れ、「ほんと最低で最高で、大嫌いで大好きでした」「『M』よ、静かに眠れ…」と記したのです。

これ……鈴木氏も面目を保てないだろうってことで、気づかいで書いたメッセージに読めて仕方ない。いちばんの本音は最後の「静かに眠れ」じゃないの。あゆ、自分の思い出をいじられすぎて、全部無いことにしたいと思ったのでは……。

鈴木おさむは、いい作品を作ること以上に「世の中をざわつかせる」ことを目的としていますが、「日本沈没２０２０」の脚本とノベライズを担当した吉高寿男はもっとあけすけ。「ツッコミどころ満載は褒め言葉です。だってそう作ってるから」とツイートし、完全に開き直っています。不朽の名作を原作としておいて、それはないよ。「わざとツッコミどころ満載のものを作った」と言って本当に稚拙なものしか作れない現実から逃げ、批判も「ツッコミ」として処理して、「ええ、狙ってました」といなすくらいなら、「本気で作ったけど酷評されちゃいました」のほうがよっぽどいい。自らの作品を「ツッコミどころ満載」と呼ぶのは、物を作る人の精神じゃない。

2020／7／30

水曜日のダウンタウンが必要な こういう部分を私が補ってあげてる

フワちゃん

ＴＢＳ「水曜日のダウンタウン」については以前にも、この番組の批判的視点が好きだといって取り上げたことがあります。時々この番組は、バラエティ流の皮肉な目線で、世の中に当然のようにまかり通っていることを茶化します。そこがいい。

7月22日の放送では「ネットニュースに載るまで帰れません」と題して、5人の芸能人がＳＮＳへの投稿や話題性のある行動などで、誰が最初にニュースとして取り上げられるか競争する企画をしていました。

この企画自体が、ネットニュースというメディアへの批判ですよね。ネットニュースは、芸能人のＳＮＳ投稿や番組内での発言を本人の許可も取らずに勝手に記事にします。とても些細なことをわざわざ「報道」するのみならず、時には悪意のある切り取り方で炎上を起こそうともします。そうしてサイトビューを伸ばし、広告料を稼がないとやっていけない事情があるんでしょう。そんな安っぽさ、「報道」の形骸化、人の褌で相撲

この企画、
クロちゃんは好きな女の子の
「神7《セブン》」を挙げてニュース→炎上
というのも
ベスト5？
神7みたいのがいいのかな〜？
クロちゃんの今現在好きな女の子ランキング
1位 みちょぱ
2位 ゆきぽよ
3位 橋本梨奈
4位 RaMu
ま〜見事に対照的でした。

を取ってる感じ……企画はそういうこと自体の批判になっているわけ。

で、そこにさらに批判性を重ねてきたのが、この企画の出演者として登場したフワちゃんです。

彼女はロケ中、ふとその日が都知事選投票日であることに気づき、ロケ中に大まじめに（投票所を混乱させないよう、変装して）投票に行きます。そしてその直後、晴天の都庁をバックに伸びやかにジャンプしながら超〝映《ば》える〟写真を撮って、「国民の義務、ブチかましまくり／イケてるギャルは、一日全員選挙行ってピース」とツイート（本当は義務ではなく「権利」ですが）。これがバズりにバズって結果としてネットニュースになるんですが、彼女はそのとき「影響力がある人が声を掛けると投票率が上がるからとてもいいですね」とSNSでコメントをもらい、一言、名言を残すのです。

「水曜日のダウンタウンが必要なこういう部分を私が補ってあげてる！」

なんて客観的な現状把握！

そう、水曜日のダウンタウンは芸能人の周りに起こることについては批評性を持つけど、長年醸成された馴れ合いやパワハラを主体とした悪い意味での「吉本らしさ」も堂々まかり通っているし、あくまでバラエティであるという腰の引け方から、政治的ネタは徹底して避けています。フワちゃんの一言は、事務所無所属のタレントとしての立ち位置や視聴者に向けた使命を正確に把握した、超・緻密で鋭い発言！

この発言を松本人志は渋い顔で苦笑しながら見ていましたが、そういえば彼は「ワイドナショー」で、「消去法的な選挙に意味があるのか」「僕は今回、都知事選という選挙を消去した」と、中学生みたいな逆張り意見で投票の棄権を堂々告白していたんですよね。フワちゃんとの差よ……。

フワちゃんはこの企画の冒頭で、まずは和田アキ子の楽屋に貼られた名札にハイテンションでキスマークをつけていて、松本人志はそれを見ながら「こいつ狂ってるよなホンマ」なんて言ってましたが、いやぁ全然狂ってないよ。完璧なほどに「正確」。

2020／8／6

新しい生活様式

コロナ騒動

話題の波としては十分に「第二波」と呼べる現状のコロナ騒動。この第二波の初期、6月27日にクラスターを発生させてしまい、店名のインパクトもあって不名誉な形で有名になったのが鹿児島のショーパブ「NEWおだまLee男爵」でした。発生直後、クラスター源だというだけで、グーグルマップ上ではお店に☆1（5段階中）という嫌がらせに近い評価がたくさんつきました。

そして、次に有名になったのは新宿のシアターモリエールでのクラスター。6月末〜7月上旬の舞台をきっかけに広がり、尾上松緑が「舞台業界でのルールも知らない、弁えない素人と言っても過言ではない者達が考え無しでした軽率な振る舞いで集団感染が出た」「我々の業界にとって他人事ではない甚大なるダメージを残してくれたな」「慎め、餓鬼／舞台を舐めるなよ」などとブログで激怒したことでも話題になりました。

ああ……嫌だ。ギスギスしてる。私自身もどっかギスギスしてる。

NEWおだまLee男爵も、シアターモリエールも、コロナ騒動下でなかったらなんらおかしなことはしていない。ごくごくふつうの娯楽です。前者は確かにコロナ対策が不十分だったようですが、当時の鹿児島県内では連日の感染者が0〜1人で、このくらい油断していた店はいくらでもあったでしょう。モリエールのイベントも、当初は体調不良者を出演させるなど対策がひどいと非難されていましたが、主催者側の発表によれば当人の微熱はガイドラインよりはかなり下で、しかも持病に起因する可能性が高いという医師の診断を受けた上で出演していたらしい。いつもだったら、なんら問題のない行動でしょう。

こんな写真 撮られる方も撮られる方だし
リークする方もリークする方だよ!
ZZZ
ただの泥酔
&
爆睡
田子ノ浦
あと親方は現役時より
太ってそうなので 節制してほしい…

　みんな、「病気になった人は対策が不十分だった愚かな人だ」「自分は関係ない」と安心したいんですよね。

　全協会員が長期にわたって「不要不急の外出自粛」を命じられていた相撲界では、七月場所中、幕内の阿炎《あび》がいわゆる「夜の街」に行ったことで休場に追い込まれ、田子ノ浦親方は居酒屋らしき店で泥酔した写真をネットに晒されて厳重注意を受けてしまいましたが、これだってあくまでも組織の中での規律違反として責められているのであり、一般的には全くなんでもないふるまいです。「夜の街」に行ったことがまるで重罪のように責められるなら、いま「夜の街」で生活のために勤めている人の立場は一体何なのか。悲しい。

現状を戦争にたとえるのは安易にすぎると思いつつ、人々の気持ちはいかにも戦時です。全員で我慢しようというつらい方策を「新しい生活様式」という言葉に置き換えてますけど、結局「我慢できていない人を責めよう」という状態です。「欲しがりません勝つまでは」と変わらない。

マスコミや人々が一億総自粛警察となり、互いに監視して違反を見つけてはさらし上げる特高と化していく関係性の中にお偉いさんは存在しない。国のトップとしては、何もしなくても民が勝手にいがみあってくれれば責任を逃れられるので楽なもんですよね。日本は治めやすい国です。

2020／8／13・20

卵とキャラメルが出会って、プリンが生まれた。

ミヤシタパーク コンセプト

「卵とキャラメルが出会って、プリンが生まれた。／出会いって、愛。組み合わせって、未来かも。／公園の下に、ハイブランド。／ハイブランドの横に、飲み屋横丁。／ホテルも珈琲屋もレコードショップもギャラリーも、／混ざってくっついたらどうなるんだろう。／ごちゃっと自由に、ここは公園のASHITA。／その全部があたらしくなった、MIYASHITA PARK。／さあ開業、開園です。／ニンゲンも風も花も鳥も、どうぞいらしてください。」

以上、全文引用。渋谷に再整備されたミヤシタパークこと宮下公園（英語か日本語かはっきりしてくれ）の、公式の「コンセプト」がこれである。

ここは、かなりキナ臭い経緯を経た施設です。もともとふつうの区立公園でしたが、再整備の話が出てから泥沼化。ナイキとネーミングライツ協定を結ぶと打ち出し、公共の場所に営利企業が入りこむことへの大反発を受けて解約に至ったり、整備に向けてホ

「若い女はプリンや絵文字が好きなバカ」
スマホの絵文字検索♡
↑意味不明
フッフ…
……って考えてる構図が見えてしまう。
若い人が考えてたんだとしたらごめんね。でもセンスはひどいよ。

ームレスが強制排除された事件で区側が損害賠償を命じられたりと、行政側が強引な進め方をしている様子が見える。

結局、大資本のテナントだらけでやっとオープンしましたが、こういうもののアピールにはせめて斬新な方法や言葉を用いるものだと思ってました。そしたら、冒頭のコンセプト文が登場ですよ。

卵とキャラメル……？　プリン……？

「出会いって、愛。」……ハア？

若い女にはスイーツだろ、と唐突にプリンをぶちこみ（材料もおかしい。牛乳も入れろ）、あとは「、」と「。」をやたら打てば柔らかい雰囲気が出てコピーっぽく見えるという、糸井重里を薄めまくったような方法論。そういえば「ニンゲンも風も花も鳥も」も、糸井重里の往年の名コピー「大人も子供も、おねーさんも。」を思い起こさせる。でも、「ニンゲン」のカタカナ表記に意図なんかないでしょう。作者は自分の言葉選びの凡庸さに一切気づいていない。

このピント外れなコピーはネット世論で大いに笑われましたが、悲しいのは、これだけ力を入れているプロジェクトのコンセプト文すら、現代の感覚を持った専門家が担当させてもらえないということ。冒頭のプリンからして私はこの作者を60代前後の男性と推測していますが、こんな案を誰も覆せないところがまさに古き悪しき日本です。なぜかセンスに自信を持つ時代遅れの素人が、脳内のリトル糸井重里を動員して「女の子にウケるに違いない」とニヤつきながらコピーを担当するの、もうやめてくれ……。

ちなみにこのコピー、去年私がたまたま福井で見た、福井県立恐竜博物館の意味不明なコピーにセンスが似ているので、これも全文引用しておきます。こういうのはきっと全国的にはびこっている。

「好奇心、ワクワク、スマホの絵文字検索。／固定観念はつまらない。／ありきたりの観光もつまらない。／見慣れた洋服も、／ありふれた風景も、／刻を超えた瞬間、／私達は気がついた。／素敵な女性は皆、／こどもに戻れることを。／感嘆符があふれる街、恐竜渓谷勝山市。／福井県立恐竜博物館」

2020／8／27

とてもびっくりしたこと

小木博明（おぎやはぎ）

コロナパニックが始まったころの早い時期にコロナに罹ってしまった宮藤官九郎が、快復後に「僕の不注意でした。申し訳ありませんでした」などと謝っていたのは少なからずショックでした。最近罹った山本圭壱も「対策の甘さから引き越《ママ》した可能性があります。誠に申し訳ございませんでした」と謝っています。有名人が病気に罹ったら謝る、という悪しき風習、まったく改善される気配がありません。

心情的には分かるんです。仕事の関係者にはキャスティングの調整をさせてしまうし、近いうちに会った人に感染させていないかどうかも気がかりだし。でも、個人間で謝るまではまだいいとして、公に向けて謝罪メッセージを出す必要は全くないですよね。「病気になったら謝る」が定着すると、病気になるのは自己責任、その人が悪い、という認識が世間に生まれてしまいます。

たとえ、「感染対策を少し怠っていたかも」という自覚があっても、謝らなくていい

「かわいい看護師に対して
カッコつけつづけている」という
しょーもない話のなかで、急に…
腎《じん》細胞ガン？
つーのよ…
はあ？！

と思うんですよ。対策の甘さが原因かどうかなんて素人には分からないんだし、そこに原因を求めることは、結局患者に責任をかぶせる風潮を助長してしまいます。心を鬼にして、歯を食いしばって、謝るのを我慢してほしい。「明らかに体調が悪いのが分かっていたのに外出して誰かに感染させた」ぐらいのことをやらかしたときに、やっと謝罪を検討してほしいです。

さて、そんなときに飛びこんできた、おぎやはぎ・小木博明の病気公表コメントは最高でした。

おぎやはぎ・小木はコロナというわけではないんですが、8月14日未明に生放送されたTBSラジオ「JUNKおぎやはぎのメガネびいき」の終わり際に、数日前にガンを告知されたことを不意打ちのように公表しました。そこまでの話しぶりからしていかにも面白いオチがありそうな流れだったため、事前に知らされていなかった相方の矢作兼も、おそらく聴取者も、かなり衝撃を受けたはず。面白そうな話と見せかけてしれっとガンを発表するという裏切りのテクニックが軽妙洒脱です。

その後、事務所のサイトで発表されたコメントを見ると、事務所側からは「皆さまには、ご心配、ご迷惑をおかけしますが」という定番の謝罪めいた言葉が綴られていますが、そのあとの本人によるコメントがたまらない。

「とてもびっくりしたことがありましたので発表させていただきます」とすっとぼけた文章で始まり、ガンが発見された経緯を説明して検査は大事だと勧める内容で、「ご心配/ご迷惑/申し訳ない」などの言葉は一切ありません。そのかわり、関係者に対しては「休養に関してご理解頂き感謝しております」とあります。そうですよね、「迷惑かけてすみません」より、「ご理解に感謝」のほうが読んでて圧倒的に爽やかです。

文章の最後も「以上、びっくりしたことの発表でした」と締めています。「ステージ1」だったとはいえ、悲壮感や申し訳なさが全くなく、なんて理想的な病気公表文なんでしょう。ぜひ全芸能事務所に配ってお手本にしてほしい。

2020/9/3

ネタ

若者言葉

20歳の大学生が、「24時間テレビ当日、武道館にサリン撒いて障害者大量に殺してやる」とツイートして逮捕されました。相模原の障害者施設殺傷事件を思い出してゾッとしますが、彼は今年の24時間テレビが武道館ではなく国技館でやっていることすら把握していなかったわけで、実行する気は皆無でしょう。

この大学生は、チャンネル登録者数約17万人を誇る「ステハゲ」なるYouTuberのファン（＝ステハゲチルドレン＝「ステチル」と呼ぶらしい）の間では少々有名な人物だったようです。

ステハゲ自身も現役大学生。1年前には停学処分を受けています。この際、SNSでの「人権や民族に関連した中傷や侮辱、他者が嫌悪感をおぼえる性的な表現」等について改善報告書を作らされたそうなので、相当モラルに反する配信内容があったんでしょう。

しかし、「ステチル」は互いの絆が妙に強いようです。逮捕された大学生も、ステハゲに

悪事で絆を深めるのって
チンピラの特権だと思ってたけど、
ネットではそんなことない。
↓実際にあったこのツイートが象徴的だった。
もし僕がにこハゲなら 逮捕された
こともキツイけど 普段学校では隅っこで
陰キャラしてる自分が裏ではヤベェ発言してた
ってのが同級生にバレるのがキツすぎるわ

倣って「にこハゲ」と名乗り、「ステチルで医学部生の方募集します。僕のためにサリン作ってください」と書いたこともあります。危なっかしいツイートですが、これもきっと本気ではなく、彼らの言葉で言えば「ネタ」。彼の逮捕を受けて、「ステチル」界隈では「にこハゲ以外にも結構危ない人権侵害ツイートしてるヤツいる」「にこハゲは他人を売ったりはせんだろう」などと、自分や仲間も捕まるかもしれないと怯えるツイートが目立ちます。

さらに、「にこハゲの保釈金はステチル全員で折半しよう」なんてツイートも。大規模な組織犯罪ならともかく、こんな差別事案に関して「他人を売る」だの「保釈金を折半」だの、自分たちを何者だと思っているのか……。「モラルのなさ」と「絆」の奇妙な融合。ガラの悪い中高生が悪事を競い合って関係性を強化するように、彼らは非道徳的な発言を投げ合うことによってネット上で仲間意識を高め合っているようです。

この事件について直接の関係はないステハゲですが、さすがに何か発言すべきと思ったのか、注意喚起の動画を上げています。曰く、自分もふざけたことをやってきたが、「ネタだと言えばすべて許されるわけじゃない」と。さらに、「バカに発言権を持たせちゃいけないなって。(略・インターネットを)利用する人間が俺とか彼とかどうしようもないやつらばっかだと、(略)世の中って全然進歩しない」。

うーん、ちょっと違うと思う。「バカ」にも発言権はあるの。ただ、こんな非道徳的なことでもネットでは「分かり合える仲間」ができて「絆を深め合えてしまう」ことが問題なんだよ。

「ネタだと言えば許される」などの用法ですっかり定着した「ネタ」という若者言葉は、「冗談」とはわずかに違う、微妙なニュアンス。冗談や嘘であることを前提に、仲間内のコミュニケーションのために発する言説、といったところでしょうか。

私は、この犯人が障害者に対して苛烈な差別感情を持っているのは事実だと思う。ただ、彼は問題を指摘された時のために「ネタですよ」という逃げ道を用意し、さらに「ネタだと分かってる仲間もこんなにいる」ということで免罪されると思っています。

SNSのいちばんの問題は、高め合ってはいけない方向性で人が徒党を組めること。

2020／9／10

みなさんは利用価値のある人間なのです

N高等学校

「N高等学校」は、名前はうさんくさいけどれっきとした私立高校です。角川ドワンゴ学園が設置した、通信制の「ネットの高校」。

そのN高が「政治部」を立ち上げたとのプレスリリースがありました。単なる高校の部活動だったらここで取り上げませんが、特別講師に三浦瑠麗が就任、初回の授業には麻生太郎が登場となると、にわかに気になってきます。

ドワンゴの事業である「ニコニコ動画」の立ち上げには麻生太郎の息子・麻生将豊がかかわっており、麻生家とドワンゴには長く深い関わりがあります。だから、いきなり麻生太郎が登場するのはある意味自然な流れ。一応「与野党問わず適切な政治家や有識者の方」が講師をするということになっているので、もしかしたら今後志位和夫や福島瑞穂を呼ぶかもしれないし（「野党」と言いながら日本維新の会ばかり呼びそうな気がするけど）、麻生太郎の登場はこの際ちょっとおいておく。

それより、「三浦瑠麗氏を迎え、授業のファシリテーター、部員の授業レポート添削等を行」ってもらう、とあることのほうが心配。彼女がレポートを評価？　それ、大丈夫？

三浦瑠麗といえば私のなかでは、テレビで「スリーパーセルによって大阪が危ない」という根拠薄弱な話をして視聴者の対外感情を悪化させたり、「桜を見る会が中止に。おそらく『国民感情』への配慮」なんて言って、首相への批判を嫉妬という感情論にむりやり納めようとした人物というイメージ。橋下徹と並ぶ煽動家、言ってみれば犬笛プレイヤーって感じ。

犬笛演奏家。
スリーパーセルってのが活動するから今ちょっと大阪やばいって言われていて〜
みなさんは利用価値のある人間だから捏造された情報に操られてま〜す
プレスリリースに「テレビでもお馴染みの三浦瑠麗さん」って書いてあるのは冗談なの？
彼女に言わせりゃ捏造メディアなのでは…

　そう思いながら件のプレスリリースを読むと、ゾッとする文章なのです。三浦瑠麗が書いたんじゃないの？

「情報がゆがめられることの多い政治に関する話題について、生徒のメディアリテラシーを高め、情報操作や不正確な情報に流されず自分で調べて考え判断できるようになることを目指します」

「(高校生の皆さんは) それ (世の中についての意見) をSNSで発信したり、まわりの友達に話したりするでしょう。つまり、政治によって世の中を動かしたいと思うひとにとって、みなさんは利用価値のある人間なのです。世の中には、みなさんを利用したいと思うひとたちによって作られたり、ちょっと変えられたり、もしくはまったく捏造されたりする情報があふれています」

政治についてシンプルに学んでいくことよりも、ひらがな多めの妙にやわらかなタッチで「政治についての情報はゆがめられている!」という点をやたら強調しており、あなたは利用されている、きっと騙されている、世の中には嘘があふれている、だから私たちに頼りなさい!と煽動しています。優しい口調ながら先に劣等感と不安を大いに煽り、周囲を疑わせてから自分に頼らせる。まるっきり新興宗教やマルチ商法の洗脳のやり口ではないですか。

ちなみに「政治部」は部員数20~30名を予定しているそうで、全員必須じゃないだけまだよかったです。それこそスリーパーセルみたいな、三浦さんの犬笛にすぐ反応する少数精鋭の戦士を養成するつもりなんですかね……。

2020/9/17

大麻で人生崩壊するのは難しいと思うけどな。それならお酒の方が簡単だ

伊勢谷友介

大麻や薬物で芸能人が逮捕されるニュース、もう飽きた。

「なぜあの人が」ってびっくりしたふりをする人の顔にも、作品をお蔵入りにするべき、いやするべきじゃない、の議論にも、謹慎／復帰の議論にも、飽きたよ。私は根本的に、その人が謹慎すべきかどうかは大した話じゃないと思っているから、つい茶化したりしたくなっちゃうんですよね。本来、芸能人の行く末以上に、薬物等そのものについてマジメに語られるべきなんでしょうが。

というのは、大麻で捕まった伊勢谷友介の話なんですけど。窪塚洋介が彼を擁護したとかで、ニュースになっていたんですよね。

窪塚洋介といえば、マンション9階から飛び降りた奇行を始め、最近は深夜に泥酔状態で配信（インスタライブ）をするなど、彼のほうが何か薬物をやってんじゃないかと疑われがちな人物で。正直、私も内心疑っていたところはあって。

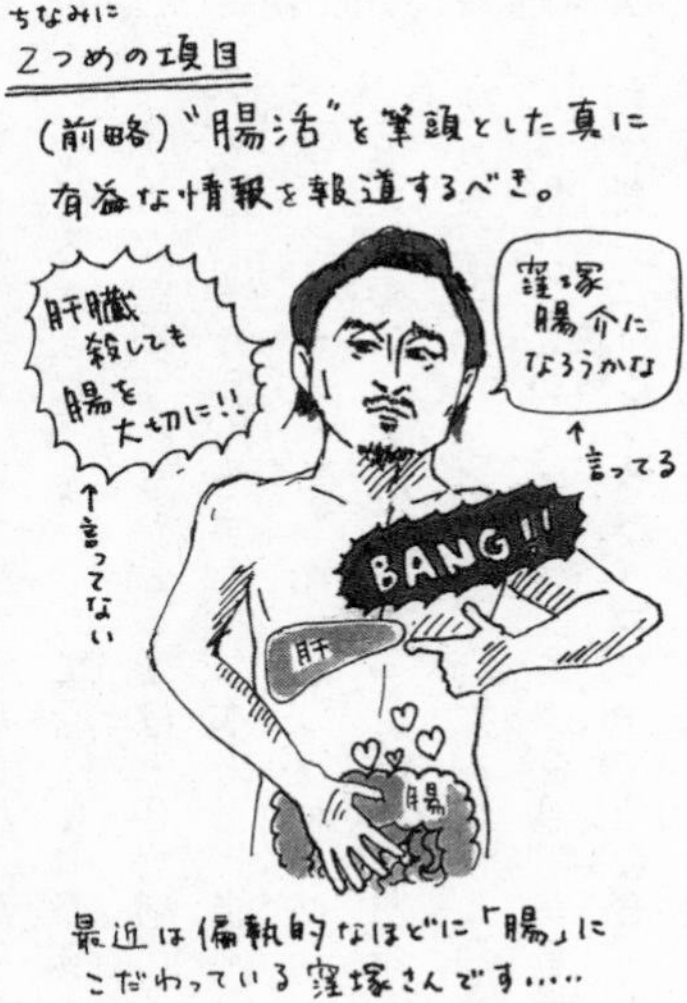
ちなみに
2つめの項目
(前略)"腸活"を筆頭とした真に有益な情報を報道するべき。
肝臓殺しても腸を大切に!!
↑言ってない
窪塚腸介になろうかな
↑言ってる
BANG!!
肝
腸
最近は偏執的なほどに「腸」にこだわっている窪塚さんです……

そしたら彼が、この報道についてインスタでコメントしていたのです。丁寧に、4項目にも分けて。

まず1つめ、「誰も被害者のいない犯罪を犯した者に対して、皆でよってたかって石を投げている日本国民特有のその姿が気持ち悪い」「更生しやり直す可能性やその意志の芽まで摘むような所業はどうかと思います」。これはものすごくまっとうな指摘だと思います。

2つめと3つめについては字数の都合上今回はパス。驚きなのは4つめ。「俺は2018年の3月18日に横浜と大阪の厚生局連合軍による当時の大阪の家の〝ガサ入れ〟が済んでおり、尿検も含めて身の潔白は証明されておりまんす。（マスコミが同行して来ておりましたがその後俺の無実は一切報道されなかったので、当局にはうちの顧問弁護士から内容証明を送って頂きました。）」

えー！　ガサ入れを経験済みで、しかもそれを報道してもらえなかったなんて。

最近はダレノガレ明美が薬物疑惑報道に怒って自ら検査を受け潔白を証明した事件もありました。ここまで書き切るってことは、彼は少なくとも自分の無実に自信を持っている。

で、何が言いたいかっていうと……彼が深夜に泥酔してインスタライブをしていることは明白なわけです。つい先日も脈絡なく瑛人の大ヒット曲「香水」の歌詞にキレ、ベロベロで「俺が殺そうかな！」なんて言っていて危なっかしい。薬物以前に、これ、原因は確実に「酒」じゃん。

今年7月、「#欲望のＳＮＳ」なるYouTubeにシラフ（多分）で招かれたとき、深夜のインスタライブが面白いと言われた窪塚氏は「お恥ずかしいです、もう、あれで仕事もいくつか失いましたしね」と言っている。生活に実害が出てしまっています。

皮肉にも、逮捕された伊勢谷友介は２０１２年に「大麻で人生崩壊するのは難しいと思うけどな。それならお酒の方が簡単だ」というツイートを残しています。法的にどうかという点を除けば、身体や実生活への影響に関してはおっしゃる通りじゃないでしょうか。法律でしばられてないだけに、窪塚洋介は単にアルコール依存症なんじゃないかと、そっちのほうが心配。

2020／9／24

原宿に、行きたい。なおみ。

日清食品

大坂なおみのスポンサーである日清食品が批判されているんですが、ややこしいので時系列を整理したい。

昨年1月、日清のアニメ広告が大坂を描く際に肌の色を白くして大いに非難される。

年が明けて今年9月1日、日清「カップヌードル」の公式ツイッターが「大坂さんのことを好きになってもらえたら勝ち」なので「かわいい情報」を置いておく、として「原宿に、行きたい。なおみ。」と大きく書いた広告画像を掲載。特に話題にならず。

9月1日（～13日）、大坂は全米オープンに出場する際、毎度黒いマスクを身につけ、その一つ一つに人種差別による黒人犠牲者の名前を記して抗議の意志を示す。

9月5日頃、大坂なおみの行動を「黒人優遇の差別推進運動」などと捉えるネット右翼の人（?）が、アンチ大坂&日清不買運動などの運動を起こす（小規模）。

同時期、その運動に対して、大坂を応援する人からは、逆に日清のことを応援する運動が起こる（小規模）。

　９月15日頃、９月１日の「原宿に、行きたい。」の広告が「発見」され、デザイナー小野洋が「日清は世界的に絶好のアピールチャンスをこういうバカみたいな低レベル広告打って自ら潰してしまった」などと批判したことにより日清が炎上。広告が彼女の運動を無視していること、そして「女性といえば↓かわいい情報」と決めつける女性蔑視的観点からも批判される。日清へのバッシングが急増。

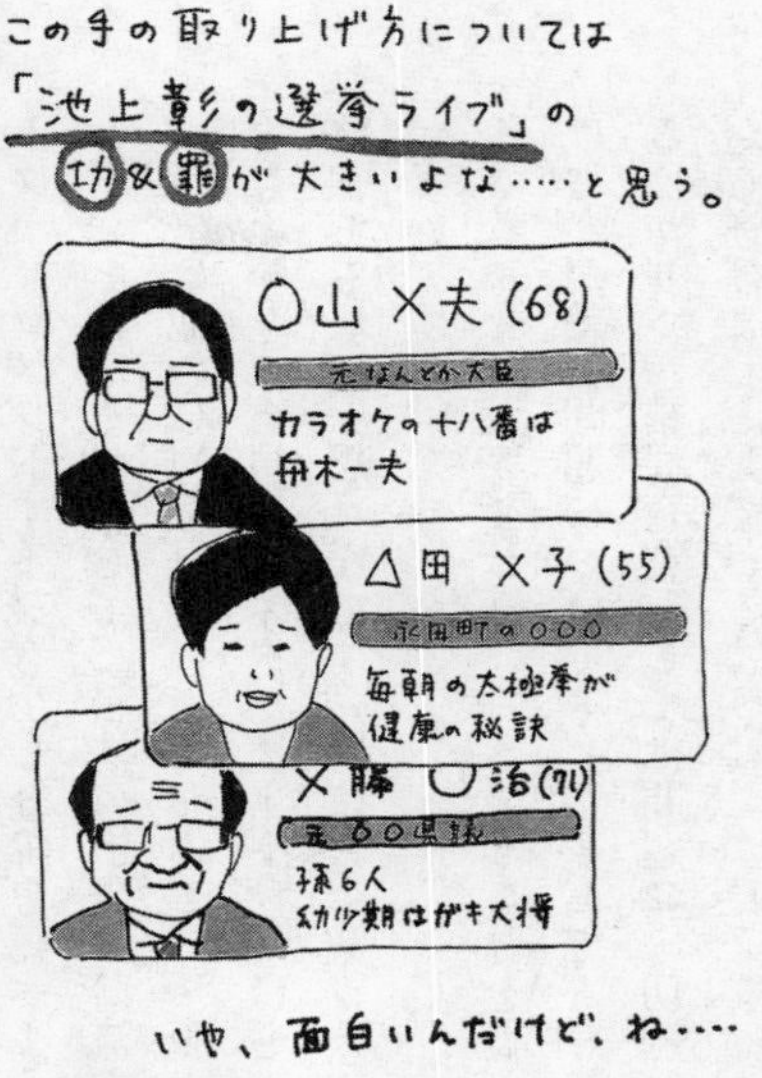
この手の取り上げ方については
「池上彰の選挙ライブ」の
功&罪が大きいよな……と思う。
○山 ×夫 (68)
元なんとか大臣
カラオケの十八番は
舟木一夫
△田 ×子 (55)
永田町の○○○
毎朝の太極拳が
健康の秘訣
×藤 ○治 (71)
元○○県議
孫6人
幼少期はガキ大将
いや、面白いんだけど、ね……

　……ということで、いま日清はどの方向からも叩かれています。

　まず、みんなネット上ではインスタントに反応しすぎ。（去年批判していたのを忘れて）おかしな主張の人から日清が叩かれているから擁護しなきゃ。（２週間前に出た広告であることには気づかず）こんな広告があるの？　それなら批判しなきゃ。……なんだか最近、こういうの多いなと思う。一億総即席コメンテーター。コメントするなら少し経緯を調べよう。

で、それはそれとして、日清の広告が時流を捉えていないのも当然問題です。日清は他のCMを見ていてもおふざけ・脱力路線が多く、カップヌードルのツイッターもオモシロ重視の「ネタツイート」がほとんどなんですが、別に一般論としてはその路線でもいいと思うんです。特に大企業ツイッターってそういう路線でウケてきたものが多いですし。

でも、今の大坂なおみに対してもこれを貫く妙な意固地さは完全に時代遅れ。これだけ彼女が差別問題についてアピールしても、日清はおもしろツイートをせっせと投下するばかりで、結局企業としては問題に一切触れていません。ヘラヘラ笑って深刻な問題から逃げようとしているようにしか見えません。

堅そうな政治家が実はパンケーキが好きだとかプラモが好きだとか、一流スポーツ選手も原宿が大好きで実はかわいいとか……こういうのって、ここ最近の、複雑なものを徹底的に排除し、なんでも「ネタ」にして「親しみやすさ」でくるもうとするテレビ的風潮そのもの。もうこういう幼稚なのは食傷気味です。

2020／10／1

アル中

厚労省「依存症に関する普及啓発事業」

[*1]山口達也の飲酒運転事件をきっかけに、にわかにネット上でバズっている漫画があります。『だらしない夫じゃなくて依存症でした』。アルコール依存症である主人公の夫を中心として、世間の誤解やほかの依存症にも触れながら「依存症は本人の意志の問題ではなく、病気である」という事実を丁寧に描いた傑作です。

ＮＨＫが山口達也の軽微な（と、あえていいます）交通事故を「元有名芸能人だから」だとしか思えない理由でニュース番組のトップで報じるなど、本人の責任・自覚にばかり焦点を当てて指弾しがちなテレビの風潮に比べて、ネットでこういうことが大きく話題になるのはまずとてもいいことですよね。

この作品、てっきりここ十年以上ブームが続く「エッセイ（＝実体験）コミック」かと思ったら、取材に基づくフィクションで、しかも厚生労働省の「依存症に関する普及啓発事業」として制作されたものでした。省のサイトにしっかり載っています。意外！

主人公の幼なじみがサラッと
「薬《ヤク》やってた（今は快復）」と言うのもいい。
ダメ。ゼッタイ。みたいに人を追い詰める感じじゃない。
昔
薬《ヤク》やってたしね
大麻とか覚せい剤とかMDMAとか
よ、よくやめれたね…
説得力があるのは作者本人も（アルコール以外の）依存症だったから。
「番外編」も必読。

だって、どうしてもお役所主導で作るこういう作品って信頼できないんですもん。ピント外れな、予算の無駄遣いとしか思えないプロジェクトをいくつ見て来たことか（この漫画も、省のサイトからリンクをたどって到達するのは非常に困難。ここは改善希望）。お役所謹製のものより一般の実体験漫画の方がよほど信頼できる、と当然に思ってしまう状況。これってどうなの……？

ともあれ、この作品はまず漫画としての完成度が非常に高い。描線もコマの進み方もとても見やすく、それでいて啓発漫画にありがちな薄っぺらさは皆無で、人物のバックグラウンドも厚みがある。味方ばかり出てきて都合よく進むということもなく、無理解な人もしばしば登場して物語にリアリティを与えている。最終的には、依存症啓発漫画という範疇を超え、昨今語られはじめた「女が女らしさを求められるのも問題だが、男が男らしさを強要され、弱みを見せづらいのも一つのハラスメントである」という問題にまでたどりついていると思います。私は最後泣いてしまったよ。

また、漫画中であえて「アル中」という言葉を当たり前に使っているところにも好感が持てました。注釈によれば、「正確を期すためには『アルコール依存症』を使うべきところですが／一般にはかつての呼称である『アル中』もよく使われるため／作中では登場人物にとっての身近な言葉としてあえて使用しています」とのこと。「アル中」には侮蔑的意味合いもあるので最近は忌避されますが、「配慮し、すべてアルコール依存症と言い換えるべき」と役所的な石頭で対応すると、ふだん「アル中」という言葉で依存症を軽視して来た当人や周りの人にとってこの漫画が遠いものになってしまいます。ここで言葉狩りをしなかった厚労省の対応はすばらしい。

ちなみに漫画の作者である三森みささんは、急にバズったことに驚きつつ、ツイッターで「WEB版はクオリティがあれだから、全修正かけた書籍読んでほしい（恥）」とおっしゃってました。[*2]私も書籍版買いました！

2020／10／8

＊1　2020年9月22日、大型バイクの酒気帯び運転をし、信号待ちの車に追突事故を起こして逮捕。
＊2　この原稿がきっかけで、能町みね子のコメント入りの帯に掛け替えになった。

女優

石原さとみ

大物2人による直筆結婚報告と直筆謝罪文がほぼ同時に発表されました！　石原さとみの「御報告」と、伊勢谷友介の謝罪文。ミリオンセラー級の2作が同時リリースされたのです！（原文は是非ネットなどで！）

ああ、こんな贅沢なことはない。筆跡から漢字遣いまで、ネチネチ観察できて飽きません。いまだにＦＡＸが滅びていない化石のような日本芸能界に感謝。

まず総評を言いますと、2作とも取り立てて大きなミスもなく、サラッと読み流せそうな作品ではあります。ただ、やはり細かなところを見ていけば性格や習慣が見えてきます。

石原作品は細い筆ペンらしきタッチ。厳かな報告は手書きで、しかも筆で（ペンだけど）という細やかさが見えます。しかし、タイトルの「御報告」の「報」の字は、つくりの部分が本来の形とやや違う。ＦＡＸで画像が粗く分かりづらいけど「鞭撻」の字も少し間違って見える。まあ「鞭撻」はソラで書けるほうが珍しい複雑な字だから、彼女はもちろんお手本を見たうえで細部をミスったんでしょう。

　文字の並びにもぎこちなさが見えます。特に気になるのは「女優」の字。字の間がここだけ不自然に詰まっています。

　最初は、「女憂」と誤記して、にんべんを後から書いたのかな？　と思いましたが、よく見れば「女」の左には妙にスペースがあります。これはもしかして、「女優」と書くつもりでいたが、ジェンダーフリーの時代だから「俳優」と書くべき？　と迷い、一字分空けて「優」だけ書いて事務所に相談したのでは。で、結局「女優」でいいだろう、となり、後から「女」の字を入れたせいで変なバランスになった――という説はどうだ。

石原作品の気になる部分
1人の人間として女優として
このバランス
あと、収穫は 伊勢谷友介の勢は
正しくは勢という異体字だと
知ったこと。
美しいお辞儀！
美しいスーツ！
丸く生きる力で
伊勢谷です！
よろしくお願いします!!
←言ってない

　内容で気になるのは、2人で「大切なものを大切だと思える人生」を歩みたい、という部分。「大切なもの」は、確実に具体的な何かを指しているはず、と思う。何らかの大切なものが、大切かどうか分からなくなるような出来事が過去にあったのかも……と、想像が膨らみます。

さて、伊勢谷作品。達筆とは言わないまでも躍動感のある筆跡で、文字を書き慣れていそう。ケチをつけるにも、誤字は「×奢り　○驕り」「×甘じる　○甘んじる」という程度。

内容はもちろん謝罪文だけに反省に徹するものですが、一文がかなり長く、文章にうねりを感じます。なかでも「今、留置場にいて、身体拘束を受けるなかで、（お詫びの思いを）噛み締めています」という情景描写が秀逸。ドラマチックにありありと映像が浮かぶ謝罪文なんて、なかなかないでしょう。さらにはこの「噛み締める」なんて文字遣いを見るに（特に印刷標準字体の「嚙」を忠実に書くのではなく、簡易字体の「噛」であることに）、漢字を調べずに書ける教養のある人、という印象を受けます。ぜひ「鞭撻」に挑戦してほしかったです。

と、楽しく分析しといてなんですが、手書きだからこそ心がこもってる、みたいな考えは精神論・根性論につながるので、一般論としては、謝罪を手書きする風習は本当は早々に滅びたほうがいいと思ってます。ＦＡＸとともに。

2020／10／15

#足立区短歌

Twitter

足立区議会で、白石正輝という区議が「L（＝本人の言では『レズ』）だってG（ゲイ）だって、法律で守られているじゃないかなんていうような話になったんでは、足立区は滅んでしまう」と発言したことが判明。当然大きな批判を受けています。ああもう、この差別発言の問題点は説明するまでもないのでほかの誰かに任せます。

この白石区議が名を連ねる自民党の「足立総支部連合会」は21名全員男性ですって。なんて予想通りなんだ。何を言っても20名のおじさんたちが分厚く守ってくれるんでしょうね。

頭の干からびた足立区議の話をしていると憤懣やるかたないけれども、一方でツイッターでは10月5日に「#足立区短歌」なるハッシュタグが登場し、それも話題になりました。

白石正輝の「滅びる」という発言を皮肉る形で、ある人が「#足立区短歌」とタグを

「レインボー」もLGBT運動の象徴として
広まってきたはずなんだけど
感染防止徹底宣言
新型コロナウイルス
感染拡大防止中
UZU（うず）
東京都
自粛から自衛へと…
↑このステッカーに使われて上書きされて
広まってますが、わざとぶつけて
きたんですか？　考えすぎ？

つけ、（同性の）愛する二人がその愛によって世界を滅ぼしてしまう――という内容の短歌を詠んだ。すると、小さな流行が起こり、キスしたことで世界（足立区）が滅亡するとか、かつて自分たちが愛し合ったせいで滅びた区があったとか……アニメ的な近未来を想起させる短歌が続々と登場しました。「滅びる」というキーワードは皮肉にも、エモさを求める若者たちと相性が良かったみたい。このおかげで逆に足立区とLGBTとの結びつきが強まりそうです。

この流れ、アメリカで始まった「#ProudBoys」の運動に似ている。プラウドボーイズは反移民を唱える極右団体で、トランプ大統領が討論会で明確に拒絶しないどころか、お墨付きを与えかねない発言をして話題となりました。しかし「プラウド」あるいは「プライド」という単語は、プラウドボーイズができる前からLGB

T界隈の人たちが自分たちを象徴する言葉として使用してきた単語。プラウドボーイズに反対する人たちは、あえて「#ProudBoys」というタグを掲げながら同性愛カップルの写真をどんどん投稿し、「#ProudBoys」という言葉を極右団体から取り上げようとして盛り上がっています。

#足立区短歌は、いかんせん #ProudBoys と違って「短歌を詠まなきゃいけない」というしばりがあるので爆発的に広まらないのが難点ですが、こんな平和的で文化的な抗議、最高じゃん。真っ正面からの抗議はもちろん必要だけど、市民が文化的活動で権力者に異論を示すというのも真っ当で筋の通った形。自然発生的に、さほど深い思惑もなくこういう運動が起こるあたり、ツイッターにもまだまだいいところがあるなと思います。さすがにまだ誰も「短歌に政治を持ち込むな」なんて言わないね。

ところで、ネット上で暴言や差別の掃きだめとして機能していた場所といえば昔は2ちゃんねる、少し前はヤフーニュースコメントですが、最近はツイッターの書き込みをまとめる「togetter」のコメント欄がひどい。「#足立区短歌」も togetter にまとめられていますが、冷笑して足を引っぱるようなコメントばかりついていて疲れます。あれもどうにかならんかね。

2020／10／22

バツゲームデモミソギデモアリマセン

安藤なつ（メイプル超合金）

「渡部建、介護士資格取得でセコすぎる〝返り咲き〟計画！」ですって（女性自身10月27日号）。彼は「贖罪」として介護福祉士など資格取得の勉強をしている。その姿をアピールして早期復帰したい狙いがあるのかも……、だそうです。

まず個人的問題（不倫）で世間に大々的に「贖罪」しなきゃいけないのが変だし、これがなぜ「セコすぎる」のかも謎。彼が介護の資格を取ったら誰か損でもするんですかね。

さらには、この記事に乗っかる形のネット記事も続々登場。Wezzyなるメディアでは「ネットでは批判が殺到」として「福祉に携わったら好感度上がるとでも思ってんのかな」といった怒りの声を紹介し、「まいじつ（週刊実話系）」では「介護は罰ゲームか？アンジャッシュ渡部建の〝転身〟に呆れ『なめんな』」という記事を出しています。

両記事とも、介護がまるで禊のようになっている価値観を批判しているらしい。

確かに最近は、闇営業問題で謹慎処分になった田村亮やザブングルが福祉関係のボランティアをやっていたから、謹慎といえば介護というイメージはある。でも、そもそも介護に関わっている芸人は多いんですよ。

売れっ子のEXIT・りんたろー。も、売れていない頃に「自分のおばあちゃんが好きだった」という軽い理由から介護のアルバイトを始め、8年間続けています。今もファンから送られる介護の悩みについて親身にアドバイスを送っており、好評です。メイプル超合金・安藤なつは、親族の関係で中学時代からボランティアを始め、なんと介護職歴20年以上。彼女は渡部についての報道にモヤモヤした思いがあったよう。言いづらいのか、読みづらい半角カタカナで「スキデヤッテイマシタシ、カイゴノシゴトハバツゲームデモミソギデモアリマセン。ガ、ナニカノキッカケデゲンバヤゲンジョウヤタノシサヤヤリガイヲシッテイタダクコトハトテモステキ」などとツイート。報道の姿勢をやんわり否定し、芸人が介護に関わることに

ただ…
お笑い×介護レク
レギュラー
介護レク代行サービス
吉本芸人がお届けします
↑実際にある事業
会長
露骨に
吉本がやってます!!!
って言われるとなんだか
カネの匂いがしすぎてモヤモヤ…

ついて肯定的姿勢を表しています。

もはや「介護芸人」と言えるのは「あるある探検隊」のネタが有名な「レギュラー」。彼らは過去に不祥事*が報じられたこともありましたが、今は「介護職員初任者研修」と「レクリエーション介護士2級」という資格を取り、『レギュラーの介護のこと知ってはります？』という書籍まで出版しています。

彼らはインタビューで、芸人の強みは人との距離感の詰め方にあるので、利用者があえて間違えやすいことをいっぱい投げかけ、「失敗してもいい」「失敗しても笑える」という空気づくりをやる――という、芸人ならではのノウハウまで語っています。

だからさ、コミュ力に長けた芸人はたぶん介護関係に向いてるし、携わってそう悪いことはないと思うんですよ。「介護を禊や罰ゲームに使うな！」と喧伝することは、逆に介護仕事へのハードルを上げてしまいます。雑な記事を無記名の浅薄なネット世論で補強し、それをさらにネットに還流して低俗な世論を醸成するシステムこそ禊が必要ですね。

2020／10／29

＊2007年9月、FRIDAYにレギュラー松本の未成年淫行疑惑が報じられたが決定的な証拠はなく、吉本興業は否定コメントを発表。

カラフルな素材もあれば、真っ黒もあったりして

和久田麻由子

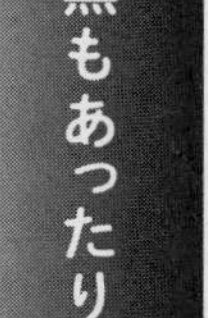

10月19日、コム・デ・ギャルソンのショー（春夏コレクション）が東京で開催され、その後、創業者・社長でありデザイナーの川久保玲がＮＨＫ「ニュースウオッチ９」とＴＢＳ「news23」のインタビューを受けて話題になりました。彼女は元来ほとんど取材に応じません。映像メディアとなるときわめて珍しい。

しかし、政治やスポーツなどいつものテーマではなく、ファッション分野を取材するのは至難の業なんでしょう。公式に上げられた動画には、案の定、番組内での質問に幻滅する視聴者のコメントが散見されました。

まずＴＢＳ。今回取材を受けた理由、ショーに込めたメッセージなど基本的なことを聞きつつ、「山本寛斎、高田賢三が亡くなったことをどう受け止めるか」という少々ピント外れの質問をして「どう受け止めてるって言われても。残念ですっていうことですね」とそっけなく返される一幕も。しかし、コロナ禍に経営者として考えることについ

ての質問は、一般視聴者の関心との最大公約数的な部分を衝いていて、ニュース番組らしかったです（その答えは無難でしたが）。
ただ、最後の「川久保さんにとってファッションとはどういう存在ですか？」という質問はげんなり。これは、大雑把な質問に一言でズバッと答えることを強要し、インタビューを美しくまとめる苦労を回答者に丸投げする、私が大嫌いなパターンです。川久保氏はちゃんと答えてくれたけど、もうやめてよね。

マスクは白
こういう時だからこそ進まなければ…
と言って、パリコレに行けなくても東京でショーをやったコム・デ・ギャルソン
川久保玲
…どころか、
マスクも黒
難しいことは考えてない la raison d'etre《レゾン デートル》（存在理由）だから
と言って 日本から唯一コロナ禍でも現地入り（！）してパリコレに参加したヨウジヤマモトもいる。
ファッション界ニュース、もっと報じられていい！

一方、NHK。和久田アナはショーの現場で「空気が張り詰めてきました」「私もその世界観に圧倒されました」と主観的なワクワク感をアピールしつつ、「カラフルな素材もあれば、真っ黒もあったりして、想像もつかない世界」などと、服についてはものすごく薄いことを言います。アイドルによる潜入レポートみたいです。なぜこんなスタンスなのだろう……。

インタビュー内容はTBSと似ていましたが、「あなたにとって○○とは」の質問はなかったし、ご本人の言葉を多めに使っていて、こちらのほうが充実度は上でした。ただ、「ハングリー精神」「あきらめちゃいけない」みたいな精神論の話がメインになってしまったのは物足りないところ。

さて、実は先月、朝日新聞も川久保玲に単独インタビューをしているのです（9月24日）。もちろん費やせる文字数からして段違いですが、インタビュアーが20年以上ファッション界を取材してきた高橋牧子記者なので、中身もまるで違います。ここで川久保氏は、無難を求める女性が増えたことを嘆き、ファッション界の問題にも踏み込み、少々物議を醸しそうな発言もしている。精神論ばかりではない、充実した記事です。

テレビだって、専門家を一人呼ぶだけでだいぶ変わると思うんですが、なぜやらないんでしょうね。専門家軽視の風潮はこんなところにも出るのかな。視聴者にあまり馴染みのない業界の話だからってひるんだり迎合したりせず、実のある内容を流せば視聴者はついてくると思うんだけど。

2020／11／5

大地もテレビで見るよりイケメンね

チコちゃん

岡村隆史が結婚したそうで、そこからこの話につなげるのも底意地が悪いんですが、NHK「チコちゃんに叱られる！」のチコちゃんの中身である木村祐一が「今後暫く、チコのオンエアがややこしいことになる‼」なんてツイートしてて、引っかかるんですよ。「チコちゃん〜」は今までモテない・結婚できないというネタで岡村隆史をイジり、今年1月頃には「岡村の嫁探し」なる企画までやって、軽く炎上しています。「モテないイジり」ができなくなる！　みたいな話、もういいよ……。

そもそも私は「チコちゃんに叱られる！」がずっと苦手だ。ほとんどの人が知らないことをただ知らないだけで、なぜあんなに激怒されなきゃいけないのか。

「5歳女子（設定上）に目くじら立てなくても」と言う方もいらっしゃいますが、「中身」である木村祐一の極端な短気さは吉本芸人の間でよく語られています。ナンパして家までついてきた女が帰ると言い出したことに激怒し、冷凍鶏肉を何度も投げつけたという有名な話など、過去のこととはいえ全く笑えないエピソードばかり。チコちゃんが些細なことで「ボーっと生きてんじゃねーよ！」と叫ぶことと、木村祐一が些細なことで激怒することはあまりにもリンクするので、毎回チコちゃんの後ろには、不条理に激怒する木村祐一の顔が浮かびます。

ここでの「5歳女子」の役割は「着ぐるみ」や「オネエキャラ」なんかと同じで、「怒られたり説教されたりしても、本気で対峙する必要がない」という一段下の存在として使われているんですよね。こういうキャラはあくまでも人間未満であり、本気で相手にするのは大人げない、という不文律がテレビでは成り立っています。それを逆手に取り、チコちゃんのキャラは受け止める側に「本気になるなよ」と強要しているわけです。

インタビューにて
僕もどっちか言ったら女子ですからね
「キム兄は女子ですね」って(よく言われる)
都合よくあいまいに使われる「女子」。
女子とは何なんだろうか….

そんな甘い覚悟のせいか、番組のキモの部分にもどんどんボロが出ています。8月21日、肉じゃがのルーツについて、創作であることが明確な説を真説として扱って批判され、9月11日には「餃」の字体に関する説について毎日新聞校閲部から反論され、公式サイトで謝罪しています。

チーフプロデューサーの水高満を初めとした制作陣のインタビューからは、初期に「サウスポー」の語源が結局つきとめられず、「分からなかった」という結論をそのまま使った、という話がよく出てきます。それをもって、「答えではなく質問がこの番組の命」とよく彼らは語るんですが、「分からなかった」という結論は誠実でも、「正確じゃないけど、まあいいじゃん」という姿勢は非誠実の極みだと思うんです。そのいいかげんさを、女児のキャラと「諸説あります」でヘラヘラ逃げるのは限界がある。

古いジェンダー観と、不正確さへの開き直り。となると政権とも気が合おうってもので、昨年、チコちゃんは「女性スポーツ促進キャンペーン」の女性スポーツアンバサダーを務め、スポーツ庁に呼ばれて「(鈴木)大地もテレビで見るよりイケメンね」なんて言い放ってます。5歳女子(のなりをした中年男性)が昭和のセクハラババア仕草をなぞる様は見てられない。

2020/11/12

愛の不時着／あつ森／鬼滅の刃／香水／フワちゃん／NiziU

新流さん

さあ、ユーキャン新語・流行語大賞、ノミネート語発表の季節がやってきました！

この連載では、ほぼ毎年これを取り上げています！

ノミネート語を実際に選んでいるのは自由国民社および大賞事務局ですが、私は仮想人格「新流さん」が選んでいると思っています。新流さんはプロ野球好きで若者文化に疎く、現政権に反対の50代男性です。彼が大好きな野球からどれだけ持ってくるか、政治色をどれくらい盛り込むか、また、若者文化をどのくらい誤解して取り上げるかを私は毎年楽しみにしております。

さて、さっそく今年のノミネート30語を見てみますが……、なんと、野球をはじめ、スポーツ関連が一つもない！

確かに今年はコロナの影響でスポーツ全般が受難の年でしたが、プロ野球ファン以外は誰も知らないような野球界の流行語をねじこむのがいつもの新流さんだったはず。野球がいまいちだった去年には、代わりにスポーツ分野を増やそうと、流行っていたラグビー関連の言葉を5つもねじこんできました。それが新流さんなんです。一体今年はどうしちゃったの？

　スポーツの代わりに目立つのは「流行語ではなく、流行そのもの」をノミネートする手抜きぶりです。この手の候補は毎年ある程度見られますが、今年は「愛の不時着／あつ森／鬼滅の刃／香水／フワちゃん／NiziU」など、流行〝語〟ではないでしょ？　と文句をつけたくなるものが例年以上に多い。「香水」はもちろんミュージシャン「瑛人」の作品名ですが、あまりにもごくふつうの日常語なのでここに並べるには違和感があります。「フワちゃん」なんて人名そのものだし。

個人的に、今年本当に流行したと思える言葉は
ご時世
以前からつかう言葉ですが…
このご時世なので、リモートで…
ええ この間はすみません 熱はなかったんですけど ご時世なんで大事をとって…
「コロナ禍なので会いづらい」「コロナ禍なので少しの体調不良でも無理しない」等の状況をやんわり表現する曖昧日本語

　私も立派な中年なので各作品の内容には詳しくないけど、たとえば「香水」だったら「君のド～ルチェア～ンドガッバ～ナ～」のところがフックとなっているように（くしくもこれもブランド名そのものだけど）、鬼滅の刃だってNiziUだって、ファンの中での定番流行フレーズがあるはず。なぜそこには踏み込まないのだ、新流さん。

過去をさかのぼると、実は、ノミネート語は徐々に減っています。06年に60語だったのが、12年に50語に、そして16年には30語へと、10年で半分に。30語になる前年の15年は、「アベ政治を許さない」「自民党、感じ悪いよね」「I am not ABE」などがノミネートされてかなり政権批判色が強かった上に、大賞に「トリプルスリー」というプロ野球界でしか流行していない言葉が選ばれ、多くの人が首をかしげた年でした。

新流さん、この年の選考が偏りすぎで叩かれてしまい、そこからどんどん自信を失っているのでは？

今年の30語は、ただでさえ自信喪失気味の新流さんが、スポーツ観戦もあまり楽しめなかったために生気も失って若者についていく気力をなくし、流行語ではなく流行そのものをどうにか拾っておいた、という感じに見えて心配です。新流さんは今後も大いに偏り、好きなものをひいきしてほしい。こっちはそれを楽しみにしてるんだから。

2020／11／19

バイデンさんへの発言が問題だったのだったら、そう発表すべき

室井佑月

小林麻耶が急にTBSの「グッとラック！」を降ろされてしまいました。一部の報道では、11月12日に本人が自らの配信チャンネル「コバヤシテレビ局」で、急に降板を宣告されたことやスタッフからいじめを受けていたことなどを告白した――なんて言われているのですが、実際の動画を見てみると全く印象が違います。

彼女は夫といちゃいちゃしながら視聴者とチャットをしています。そして、おそらく流れてきたコメントを機に降板の話題を切り出そうとしたのですが、なぜか笑いが止まりません。夫もニヤニヤ笑っています。深呼吸をしてからようやく、「あの、あの、皆さまに御報告があります！」と切り出し、「私、昨日午前中に、突然番組の降板を言い渡されて、今日、番組に出演できないことになりました！」と満面の笑みで言うのです。

その後も、いじめの件なども含めてあふれんばかりの笑顔で告白し、言い終わると「ブッ！」と噴き出してまた笑い出す。隣で夫も「デヘヘ……。『それ本当なんですか

〜』って（コメントが来てる）」とニヤニヤ。無理して笑っているようにも見えない。話の内容と感情がまったく合っていない。恐怖映像である。
　私がこの映像をすぐ確かめたくなったのは、「小林麻耶の夫は怪しい」という知識が先にあるからです。夫・國光吟は整体師だそうですが、公式YouTubeには「再生するだけで腰痛緩和」などと題された奇妙な動画が大量にあります。試しに見てみると、タイトルが書かれた紙切れが一枚表示されるだけの状態が10分ほど続き、一切何も起こらない放送事故状態の映像でした。波動……的なヤツなの？

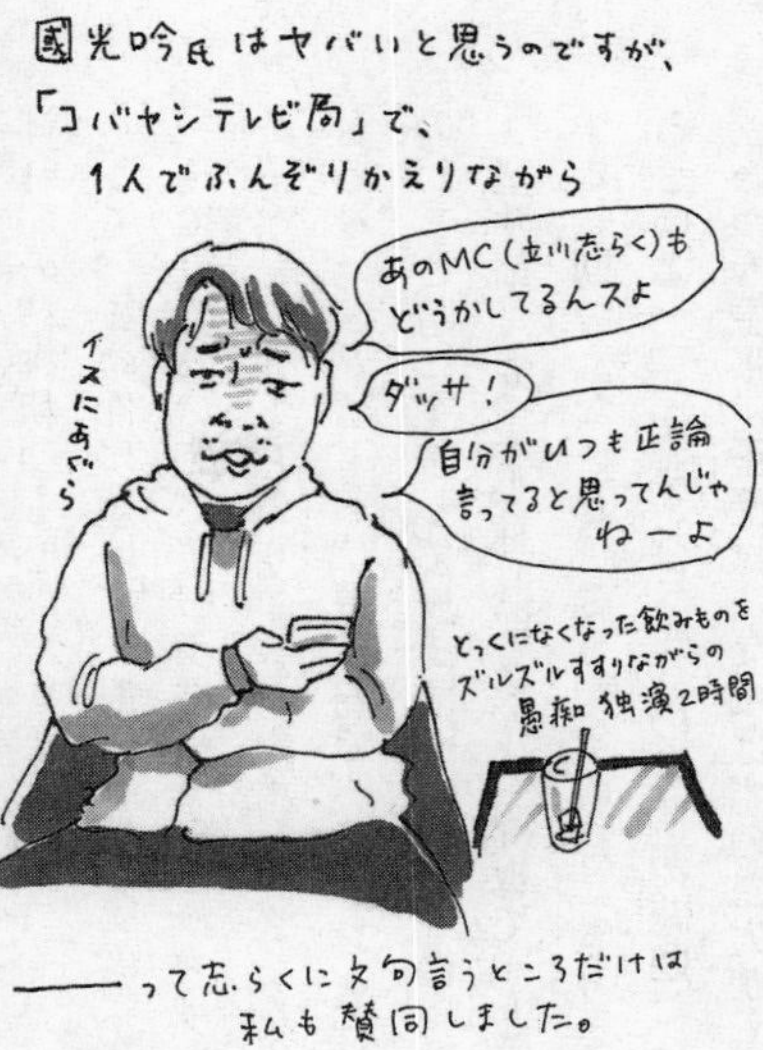

國光吟氏はヤバいと思うのですが、
「コバヤシテレビ局」で、
1人でふんぞりかえりながら
あのMC（立川志らく）もどうかしてるんスよ
ダッサ！
自分がいつも正論言ってると思ってんじゃねーよ
イスにあぐら
とっくになくなった飲みものをズルズルすすりながらの愚痴独演2時間
――って志らくに文句言うところだけは私も賛同しました。

　こういうことを知っていれば、小林麻耶に何かあったとき、夫が原因かも？とまず思ってしまう（偏見だけど）。彼は別の動画で「グッとラック！」への文句を言いまくっているので、おそらく原因の一端はこのへんにあるだろうし、小林麻耶の精神状態も心配です。

さて、この件について、原稿執筆時点での各方面の皆さまの反応を書いておきたい。

高須克弥は、「【バイデン批判】『グッとラック！』降板の小林麻耶さん、原因はこれか…」というまとめサイトの記事のリンクを貼り、「降ろす自由があるなら降りる自由もある」とツイート。番組内でバイデンを批判したことが原因で小林麻耶は降ろされたのだ、と暗に主張しています。

室井佑月も、「小林麻耶さんの降板て、どの発言が問題だったの？ リ《原文》ユニ《ママ》ューアルする時期でもないし、こういうのはっきりさせてもらいたい。出てる側からすると、恐ろしいよ」「バイデンさんへの発言が問題だったのだったら、そう発表すべき」と。

いつも主張が正反対になるはずの二人がくしくも同じことを言っているのが可笑しい。

宮台真司まで「アメリカではとうに決着済みの話を、ネットで読んで間《ママ》に受け、訳知り顔でテレビでくっちゃべった小林麻耶は、単なるアホ。降板は当然の判断」なんて書いている。

どいつもこいつも陰謀論ばかり。なんでもかんでも政治の話に結びつけるな！ もっと広く、下世話な視点を持て！

2020／11／26

停戦を指示しても従わず署名を集め続けた反乱者

高須克弥

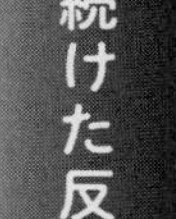

甘利明のツイッターには、例えばショーン・コネリーを追悼する、政治と一切関係ないツイートにまで「UR疑惑を解明し、貴殿も偉大におなりください」などと、必ず口利き疑惑を皮肉るリプライが大量につくのが名物です。甘利氏は、日本学術会議が「千人計画」に積極的に協力しているというデマも広めていたので、「賄賂の説明とデマ謝罪をするまでお口をボンドで固めた方がよい（ジェームズ・ボンドにかけてるわけですね）」なんてリプライも来ています。彼のツイッターはこんなふうに、ずーっと後ろから小突かれる状態で続いています。政権を応援する人からのメッセージは少数。

ところが11月15日、甘利氏が大統領選でのトランプの敗北を認める形で「敗北した候補の最高の演説は敗北宣言演説と言われています。そうあって欲しい」とツイートすると、リプライの方向性が大幅変化。政権応援派の人はなぜか、トランプの敗北を認めない陰謀論じみた人とセットになっているので、「甘利さん幻滅です」「あんたもついにそ

日本語が書けないから陰謀論にハマるのか、
陰謀論に操られて日本語が書けなくなるのか…
直しておきます。
何時如何なる方々から
いただいた署名簿も忖度せず
全て選管に提出する事が
務めであります。
愛知100万人
リコールの会【公式】
全県民参加での署名運動を
5市町だけ除外にそ
不公平と思います。
することについて
水野昇
日本語はまちがってないけど陰謀論にハマりすぎ
人を信じられなくなってる人↓
勝手に続行して署名を集めている
首謀者も君（水野氏）か！
怒りで死にそうだ。
君も一味か？
君は敵側の人間ではないか!!
高須克弥

っち側に転んだのか」などと、今まで味方だった人たちから一斉に怒りのリプライが集まってしまいました。

このように、陰謀論をいたずらに振り回して民心をかき乱した人は、陰謀論により味方から撃たれます。

*名古屋では高須克弥と河村名古屋市長が組んで、大村愛知県知事をリコールすべく署名運動をしていたわけですが、「あいちトリエンナーレは反日！」と陰謀論ベースで怒る人たちを当て込んだ署名の集まりは当然鈍く、11月8日に高須氏が「停戦」を宣言。しかし、そのあと何やら仲間内で揉めている様子です。

11月13日、「愛知100万人リコールの会」の公式アカウントが、「愛知県警は署名簿窃盗罪の告訴を受理いただきました（原文ママ）」と不穏なことをツイート。すると、献身的に署名に協力してきた元・尾張旭市議の水野昇はあわてて「偽装署名簿を提出前に発見し、犯罪防除した者です。今回、署名簿窃盗罪の告訴をされたそうで心配でたまりません」と告白しました。リコール運動関係の人はことごとく日本語が下手なのでたいへん読みづらい。解説しますと、「リコールの会」は「誰かに署名簿を盗まれた」と愛知県警に訴えており、水野氏は「それは私がやったことだが、窃盗ではなく『偽造』の署名を善意で省いただけだ」と主張しているようです。そして、さらに水野氏は、署名運動が遅れた市町があるので12月19日まで署名を続行すると宣言しました。

しかし、高須氏は怒りの絵文字を大量連打しながら「署名簿を盗んだ犯人は君だったのか／君は受任者ではないか！。／自分の集めた署名簿を公開したのか！慚愧に耐えん」と激怒し、水野氏を「停戦を指示しても従わず署名を集め続けた反乱者」と、完全に裏切り者扱いしました。これに対し「水野さんはずーっと真面目に署名活動されてきた方です！」と擁護して高須氏をたしなめる者、「工作員のようなことを内部に入って行った人がいるということなんですか！卑劣すぎる」と高須氏に味方して激怒する者……両者入り乱れて、見てられない騒ぎになっています。

陰謀論で動く人たちは、結局は疑心暗鬼になって醜悪な内ゲバ状態に陥りますね。

2020／12／3

＊２０２１年5月、愛知県警は地方自治法違反（署名偽造）の疑いで、田中孝博リコール活動団体事務局長ら4人を逮捕。２０２１年11月には高須院長の秘書が書類送検された。

正直ネットって役に立たねえなと思いましたね（笑）

津田大介

私だって、ロクに記者会見も開かず質問に答えない日本政界のトップたちにめっちゃ不誠実さを感じて腹が立つし、毎週その怒りをそのままここに落とし込んでもいいんだけれど、それじゃ連載として成立しない。

だって、「○○はけしからん！」だけの話なんて、「私もそう思う！」か「私はそう思わない！」のどっちかの反応しか生まないですもんね。わざわざ文章にするような話題じゃない。つまらない。

だから、ここではできれば芸能人の些細な一言とか、ネットの世界だけで話題となっていることとか、「俗」から何らかの社会的・普遍的な話題を導き出したいわけです。だから、芸能やネットニュースが物足りない週は困る。

で、今回はウェブメディアＦＩＮＤＥＲＳに載っていた、ウェブと政治にまつわる津田大介のロングインタビューの話です。何が驚いたって、彼はあいちトリエンナーレ騒動について振り返りながら、なんと「正直ネットって役に立たねえなと思いましたね（笑）」と言っているのです。

「ウェブで政治を動かす！」という本を8年も前に出し、ツイッター黎明期に記者会見等をリアルタイムでツイート（＝実況）することにより、その行動を「tsudaる」と呼ばれるようになった、ネットの申し子みたいな人が！

曰く、ネットで声明や署名が生まれたり、「あいトリ」を支持するハッシュタグがトレンドになったりと、様々な応援の動きはありがたかったものの、それらの盛り上がりはまったく無力だった、と。

しかし津田さんはだんだん
ボリスジョンソンに似てきている。
（外見が）
いいことなのか悪いことなのか
BORIS
TSUDA

抗議どころか脅迫も殺到し、作家側からも休止したことを責められ、津田氏自身が自殺も考えるほど追い詰められた「表現の不自由展」が再開にこぎつけられたのは、結局、アーティストと直接会い、目を見て真摯に話すリアルなコミュニケーションを重視したおかげだというのです。なんと抗議をしてきた右派団体とも直接会って話し合い、どうにか話の落としどころも見つけたらしい。

また、彼は朝日新聞（11月26日）で「論壇時評」を担当し、トランプ主義によって追い詰められたジャーナリズムの危機について7点の論説を挙げて語っていますが、オピニオン誌に載るような学者の文章から個人の「note」の記事、さらになんと週刊文春・新谷前編集長のインタビュー、最後にはKing Gnuのニューアルバムについてのインタビューまで参照しています。

ネットを人一倍活用してきた人が、「リアルが大事」という拍子抜けするほど当たり前なところに立ち戻ったり、政治問題を語る際に、まるで関係なさそうなKing Gnuを取り出してきたり。

これはまさに冒頭で書いたようなことと同じだな、と。

ネットで盛んな話題を現実にしっかり結びつけ、また、芸能の話題をシームレスに政治や社会問題に結びつける。そうしたほうが、諸問題が眼前に感じられると思うんですよね。だから私は今むしろ芸能ニュースのほうを欲しているのよ。派手なのをくれ。

2020／12／10

今年の新語

ぴえん

毎年私が「本家」の新語・流行語大賞（ユーキャン主催）よりも気にしているのは、辞書編集者が今後の辞書に採録されてもおかしくない言葉を選ぶ「今年の新語」、そして「ギャル流行語大賞」、「ＪＣ・ＪＫ流行語大賞」という若者系の2つです。今年の分も出そろいましたので、それぞれ5位までざっと振り返ります。

「今年の新語」は順に、ぴえん／〇〇警察／密／リモート／マンスプレイニング。

「ギャル」は、やりらふぃー／しか勝たん／きゅんです／ぱおん（ぴえんこえてぱおん）／〇〇もろて。

「ＪＣ・ＪＫ」は、きゅんです／全集中の呼吸／ぴえんヶ丘どすこい之助／量産型ヲタク／〇〇しか勝たん。

えー、意味はいちいち説明しません。各自調べるように！

さて、今回注目すべきは、断然「ぴえん」系です。

不倫に関して世間への謝罪は
ぴえんくらいでいいよ
不倫がバレてしまい
非常に
ぴえん こえて
ぱおんです

去年の「ギャル」ですでに2位、「JC・JK」では1位だった「ぴえん」がなんと辞書的分野にまで進出して1位に滑り込みました。大泣きでもすすり泣きでもなく「控えめに泣く」という、泣く表現の「体系の穴」を埋める言葉として評価されています。今年の「ギャル」「JC・JK」でも派生型の「ぱおん」や「ぴえんヶ丘どすこい之助」（初めて聞いた……）が採用されており、どうやら「ぴえん」系の言葉の息は長そうです。

「ぴえんこえてぱおん」は、語感のおもしろさから中年世代にも波及した感じを受けます。「ぴえん」は定着度の高い、まぎれもない新語であり流行語でしょう。以前に若者の流行語として実態以上に取り上げられた「チョベリバ」や「KY」なんかより、しっかり庶民の生活に根を張ってから流行語として釣り上げられた感じがします。

……で、ふと気づいた。今年の本家・ユーキャンのほうでは、これだけちゃんと流行した「ぴえん」がノミネート30語にすら入っていないじゃないか！
私が常々指摘しているように「本家」は年々「流行語」ではなく「流行そのもの」を漫然と並べるようになっており、今年は特にその方向性が顕著です。「本家」も最近トップテンを発表したけれど、その中には「ぴえん」がない代わりに、「愛の不時着」「鬼滅の刃」という流行した作品そのものの名称や、果ては「フワちゃん」という売れた有名人本人の名前が入ってしまっています。「新語・流行語」を代表しているとはとても言えない怠慢ぶりで、これでは「ヒット商品番付」と大差ない。「JC・JK」のほうを見たまえ、「全集中の呼吸」という、鬼滅の刃から出てきた「語」のほうをきちんと取り上げているだろう。ユーキャン、しっかりしろ！　全集中！（むりやり使ってみる）
これでは、辞書的意味を考えてエンタメ性も増している「今年の新語」や、毎年斬新な言葉をぶっこんでくる「ギャル」「JC・JK」と、惰性でやってるユーキャンとの差が開くばかりです。ユーキャンはおじさん視点でちょっとズレつつ、それでもしっかり「語」を取り上げていたのがよかったのにぴえんこえてぴえんヶ丘どすこい之助だよ。
結局ギャルしか勝たん！

2020／12／17

全部ひっくり返してやるよ！

岩倉美里（蛙亭）

テレ東「ゴッドタン」は、TBS「水曜日のダウンタウン」同様、下品でモラル的に微妙な企画も多いながら、たまに批判精神がビリビリ利いた回があるのでたまらない。

12月5日のゴッドタンは恒例企画「芸人マジ歌選手権（マジ歌）」のルーキーオーディション。この「マジ歌」という企画、一から説明するのは非常にややこしいですね。ゴッドタンは、最初の大枠からして一つひねりが入っていたり、当初のイメージから大きく外れていったりする企画が多いんだ（そこが好きなんですが）。

この企画は、表向きには「いつもお笑いをやる芸人が、マジメに歌を作って歌う」というもの。実のところは、それぞれの歌が何かのパロディになっているうえ、笑わせる要素も多くちりばめられて、「マジメに聴く」というしばりが入っていることで聴衆側がつい噴きだしてしまう、という人気企画です（無粋に説明しちゃってごめん）。

ところが今回は、さらにもう一ひねりされていました。

若手男女コンビ・蛙亭の岩倉美里が披露した「マジ歌」は歌というよりも「語り」で、シンプルなギターをバックに暑苦しいほど情熱的に語りかける2人組ミュージシャン「MOROHA」のパロディでした。しかし、彼女が語った詞には、はっきり言って、笑わせるためのくすぐりのフレーズがない。

「今まで作家さんに言われてきた言葉『女にしては面白い』……『尖ってる女は痛々しい』『相方に抱きついてるネタの時は胸は当たってるの?』……全部ヘラヘラして乗り越えてきた……耐えられた理由はただ一つ、私は、私はお前らより絶対に面白い!……面白くない奴に見下されても全然悔しくない、面白い人は性別で笑いを判断しない……『お前らはゆとり世代だ、仲良しごっこだ』……そんな言葉も含めて、全部ひっくり返してやるよ!」と、マジもマジ、大マジの語りで、女芸人・男女コンビとしてのフラストレーションをマイクにぶつけ

何も知らされていない
相方の中野くんが
途中、「万感の思い」という
表情で何事かボソボソ
つぶやいていたのも印象的
……
「分かる分かるよ…」とか
「そんなに考えてたんだな…」とか
そんなかんじ?
これをぬいたカメラワークもいいね。

る。レギュラー陣も笑いからだんだん感嘆へと気持ちが振れ、聴き終わった劇団ひとりは「いま、鳥肌立ってる」。

「『マジ』というしばりがあるから笑ってしまう」から、「笑わせているという前提があるから『マジ』を言っても大丈夫」へ。意識してるのか無意識なのか、逆転の発想。ベースがパロディだし、何を言っても笑いで包んでもらえるはずという安心感をバックに、マジ歌の中にマジ主張が入ってきた。

お笑い界には独特の古めかしいホモソーシャルな感覚があるけど、軽薄だから変化がたやすいのもまたお笑い界かと思う。いわゆるお笑い第7世代にはヒップホップが日常にあったから、本気の主張をすることにきっとそんなに照れがないんですよね。テレビを見ていると、芸人はいついかなる状況でも笑いに持っていかなければならないという呪縛がキツすぎて息苦しく感じることがたまにあるけれど、こういう若手が軽やかに打開してくれると気持ちいい。

蛙亭、実はコンプラ的に微妙なネタもけっこうあるんだけど、その危うさも含めて、全部ひっくり返すのを私も楽しみに見ていってやるよ。

2020／12／24

特定のジャンルに偏らず、さまざまなジャンルのコンテンツをバランスよく掲載する

cakes

ネットメディアのcakesが月刊でよく燃えますね。

まず10月、幡野広志が連載で、DVについての読者からの人生相談をウソ・大げさと決めつけ炎上。11月、「ばいちぃ」なる夫婦ユニットが路上生活者についての連載を始めたものの、珍獣を観察するような切り口だったため配慮に欠けるとして炎上。そして12月、友人の自死を扱ったあさのますみの連載企画が中止を言い渡され、あさの氏がその経緯を公表して炎上。

10月・11月は連載内容が炎上したのですが、12月の炎上は内容によるものではなく、炎上を経験した編集部が繊細な内容を扱うことにビビりはじめ、完成していた文章に急に修正を求めたために起こりました（その際も、炎上が原因ではないと言い張ったり、やはりそれを撤回したりと、グダグダ）。

で、同月、cakesで「佐伯ポインティのとれたて猥談！」「純猥談」という2つの連

cakes 加藤貞顕氏の「お詫び」から
漏れる 濃厚な糸井重里液
やってはいけないことを、
ひとつだけ決めました。
「悪口禁止」です。
やろうとしていることは
ずっと変わっていません。
見守っていただければ幸いです。
がんばります。
ひらがな多め
ほっこり
改行ゆったり
わかるなあ。
なるほど(笑)。
政治批判は「悪口」だからダメだぞ!!
批判なき政治を! ©今井絵理子

載を長く続けていた佐伯ポインティも、編集部から急にどちらか片方の連載をやめるよう迫られたそうです。佐伯氏によれば、「『今回の炎上とは関係なく、特定のジャンルに偏らず、さまざまなジャンルのコンテンツをバランスよく掲載する』ため、性愛にまつわる連載を縮小する」と告げられたらしい。

人気がないから打ち切り、でもなければ、内容に問題があるから中止、でもない。バランスを考えて片方だけ中止。この半端さはなんだろう。

cakesは3万本以上の記事が週150円で読み放題、連載だけで約1600本、と謳われています（編集部に何人いるか知りませんが、絶対全部は読めないよね?）。早速「バランス」とやらをチェックしてみた。さすがに全記事は読めないけれど、「連載一覧」をクリックして出てきた最新の50本を私がザッと見たところ、性を扱ったものは2本、広く恋愛まで含めても5本でした。別に偏ってなくない? 縮小する必要ないよね。

簡単に推測すれば、佐伯氏の連載は人気コンテンツで目立つし、エロネタは炎上しそうだからもうやめさせたい、でも内容までチェックするのは面倒だから片方をやめるよう圧力をかけ、今後の内容が過激にならないよう忖度させたい——ということかな。

これ、政府が日本学術会議から6人を外したのがバレた時の言い訳、「総合的・俯瞰的理由」「多様性が大事だから」にそっくりなんですよね。

cakesとnoteを運営する会社の代表である加藤貞顕は、今回の件をまとめてざっくりnoteで謝罪しています。この文章も、謝罪というより「見放さずにずっと僕を応援してね！」と言っているようにしか見えなくて閉口しますが、くしくもここにも「多様性を重視する姿勢」という言葉が登場。それでいて、cakesについては「悪口禁止」「前向きでおもしろいものだけを載せよう」と言っています。

国や企業のトップたちは最近、自分の行動が責められると「多様性のため」みたいな概念を名前だけパクって人を黙らせ、その裏で多様性の正反対のふるまいをすることに味を占めてるよな。悪口もエロもガンガン言わないと、アイツらが増長しますよ。

2020／12／31・2021／1／7

「あれは漫才じゃない」M-1王者マヂカルラブリーへの批判が相次ぐ「4つの背景」

現代ビジネス

私はM-1がとても好きです。予選を見に行き、知らない若手に目をつけるくらい好きです。これだけ好きだから、M-1の審査に納得がいかない、ということも確かにあります。当事者の若手芸人が熱くなるのも分かります。

でも同時に、一視聴者としてはどこかで「所詮、お笑い番組の一つ」とも思っています。審査に多少不服があったとしても、今までのチャンピオンで「全然笑えない」と思ったことはありません。あくまでも若手による斬新なお笑いの祭として楽しんでいます。

勝負ごとについて「勝ち負けは二の次」なんてあえて言うことはあるけど、そうは言ってもスポーツでの勝ち負けは大ごとですよね。でも、私にとってM-1の勝ち負けは、本当に二の次です。だから苦労や努力を押し出されるとちょっと醒めます。「○○は全然面白くなかった！」と眉をつり上げて主張する人にも引きます。笑えなかったら趣味が合わなかったってことでいいじゃん、M-1好きなら気軽に見ようよ、と思う。

ところが、M-1放送後のネット記事には、女性自身で「マヂカルラブリー M1優勝も無言ボケに〝漫才じゃない〟と論争」、現代ビジネスで「『あれは漫才じゃない』M-1王者マヂカルラブリーへの批判が相次ぐ『4つの背景』」など、大まじめに分析・批評するものが続きました。

「論争」「批判が相次ぐ」って。「4つの背景」って。なんだ、今回のM-1は芸術品評会か。

私は14年前 YouTubeに上がった
1枚の動画・マヂカルラブリー結成前の
野田クリスタル（当時19？）のピンネタを
当時見ていた。
「にんげんっていいな」を流しながら
不気味にゆれる若者
……
くまの子みていたかくれんぼ♪
ランニングとブリーフ
こんなアングラカルト芸人があんな大舞台で…
母ちゃん泣いちゃうよ！

今回、スポーツ紙はもちろん、全国紙もM-1の結果を伝えています。なるほど、全国紙が伝え、勝敗に固唾を呑み、判定について本気で怒ったり議論したりしている人もいる、となると……M-1はもう「スポーツ」なんだな。

考えてみればM-1の視聴率はとっくにプロ野球日本シリーズの視聴率より上だし、「国民的スポーツ鑑賞」になってしまったのだ。M-1は「たかがお笑い」を「真剣勝負」のパッケージにしたこと自体が新鮮だったわけだけど、片手間で見ながら笑って楽しむべき視聴者にまで「本気で見よう」と焚きつけるこの雰囲気、ちょっと嫌だなあ。真剣と笑いは相性が悪いよ。

でもね、どうせマジメに語るなら、これは漫才か非漫才か、なんてこと以前に、私は言いたいことがありますよ。

M-1はそもそも参加者の男女比が偏ってはいますが、決勝のメンバーっていつもほぼ男性ですよね（今回は全員）。でも、体力勝負ならともかく、人を笑わせる能力にそう男女差があるとは思えない。さてなぜかと考えると、M-1の決勝審査員はほとんど男性ですし、実は予選の審査員も（あまり公表されていませんが）9割以上男性なんです。勝ち上がるメンバーにもこのあたりの影響がないわけじゃないはず。どうでしょう、ここから変えてくれませんかね。女性芸人だけの大会「THE W」なるものもできましたけど、昨今は漫才の内容面でもポリコレへの意識は自然と強まってきていますし、ことお笑いに関しては男女分けなくてもいいと思うんだけどな。

あ、今回優勝のマヂカルラブリーですか？　ずっと応援してたから超うれしいよ。あれは漫才に決まってるでしょ！

2021／1／14

サッポロ生ビール黒ラベルCM とは

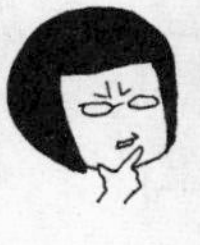

お正月は箱根駅伝を見てしまいます。箱根駅伝の合間には、必ずサッポロビールの「大人エレベーター」というCMが入ります。2010年からやっているらしい。妻夫木聡が「大人エレベーター」に乗って「大人」に会いに行き、シンプルな質問をして深みのある話を引き出す、という内容。

エレベーターの階数が対談相手の年齢を示しているので、当初は、まだ若僧の妻夫木クンがかなり上の階にいる（＝年上の）偉大な先輩たちに話を聞きに行く、という意図のCMだと思っていました。しかし、調べてみるとCM開始時に妻夫木聡はすでに29歳。初めからけっこう大人だな。

とはいえ、始まった頃の印象は私にとって特に悪いものではありませんでした。新年の清冽な空気に相応しいし。

ただ、ここ数年は妻夫木聡も40歳に近づいてきて、だいぶこの設定に無理が出てきて

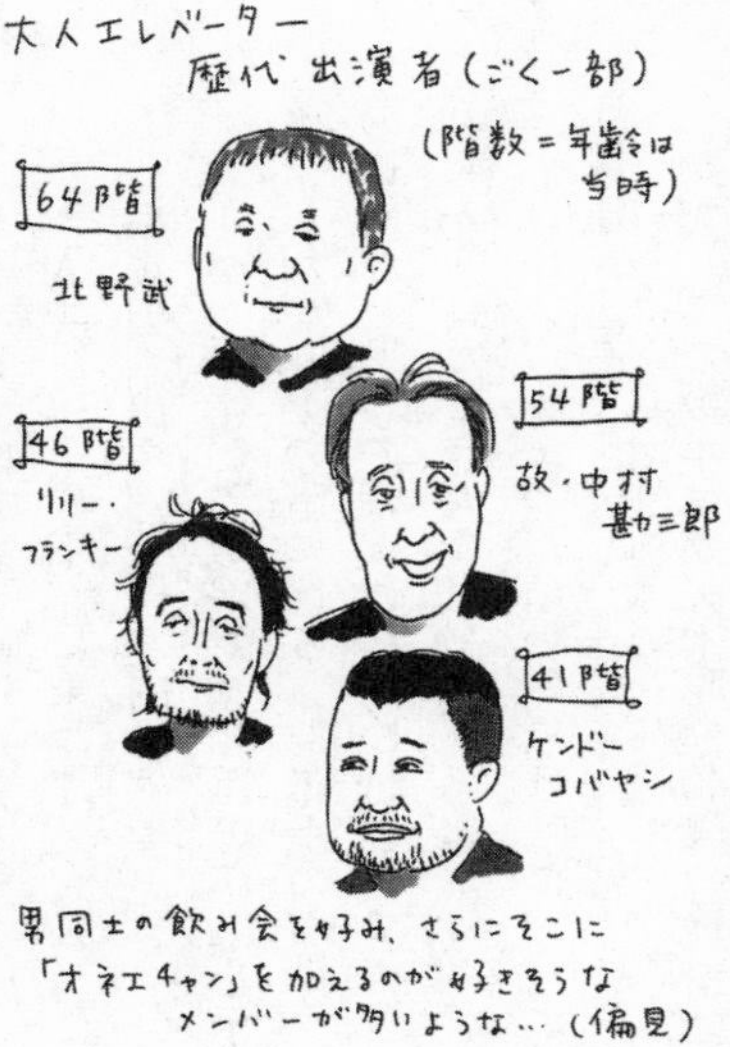
大人エレベーター
歴代出演者（ごく一部）
（階数＝年齢は当時）
64階
北野武
54階
故・中村勘三郎
46階
リリー・フランキー
41階
ケンドーコバヤシ
男同士の飲み会を好み、さらにそこに「オネエチャン」を加えるのが好きそうなメンバーが多いような…（偏見）

いるな、と思うと同時に、私は去年ふと気づきました。

対談相手に、今まで一人として女性がいない。

もちろん「サッポロ生ビール黒ラベル」の主なターゲットが中年男性だから、ということはあるでしょう。とはいえ10年間、数十人にわたってひたすら男性、男性……。

すると今年。シリーズ36弾（なんたる遅さ！）、妻夫木聡40歳にしてついに女性の「大人」が登場。その名は内田也哉子。

なるほど。確かに、男性クリエイターからも一目置かれそうな人選ですね。

……と、自然に私は考えてしまったのだ。そうだ、対談する「大人」は、制作陣の男性クリエイターが（というか、一般的な男性が）飲みたい相手なんだ。歴代メンバーには、テレビ畑の芸能人のほかにはスポーツや音楽分野が多く、学者はいない。クリエイティブの香りとともにホモソーシャルな香りも漂う。男が無責任に「飲みたい相手」として夢想する有名人ってこんな感じだもんね。だったら女性なんか出るわけないわな。そういう「男」が飲み会に呼びたい女性はじっくり話したい相手ではなく、スパイスとしての色気担当ですよね。つまり、内田也哉子もきっと内田裕也の代理みたいなものだから合格なのだ。一応クリエイターとして、最低限、時代に合わせて女性も出すよという言い訳にはちょうどいい。

そして、クリエイターは「とは」で語らせたがる。今回もこのCM中で妻夫木聡は繰り返し、「大人とは?」「友とは?」「ロックンロールとは?」など、漠然とした「〇〇とは」という質問を連発します。「〇〇とは」には、「なるべく端的に、かつ、ちょっとウマいこと言え」という無言の圧力があります。自分は苦労せず相手に甘える、インタビュアーとしてはもっとも避けるべき質問です(台本通りやってる妻夫木聡は何も悪くないが)。

ああ、考えるほどに、「俺が好きな有名人」と男同士で飲みたいおじさんクリエイター(と、それに同調するホモソーシャルな顧客)が有名人にただただ甘える、平成の広告代理店の匂いがどんどん鼻についてきた。

あまりにシリーズ化するのも考えもの。もうそろそろ引き時。妻夫木聡のためにも。

2021/1/21

おやびん

日本のトランプ支持者

日本のトランプ大統領支持者はツイッター上で、敬意を込めて彼を「トランプおやびん」と呼ぶ。本気で。

バズフィードニュースによると初出は19年10月。ネット番組「虎ノ門ニュース」の番組感想として「トランプおやびんに何とかしてもらいたい」というツイートがあり、翌年1月頃から支持者に広まったとのこと。

確かに広まったのはその頃ですが、初出については、私の調べでは少し違います。バズフィードの指摘するアカウントは16年からすでにトランプを「おやびん」と呼んでいました。しかし、この人に拡散力はなかったようで、ここからの広がりは見えません。ほかにも16〜18年頃に「トランプおやびん」と呼ぶ人は散見されますが、この一人を除きことごとく揶揄の意味合いです。

例えば17年11月、5chに「日米首脳の主従関係　トランプ大統領『安倍、ついて来い』安倍首相『へい、おやびん』」というスレッドが立っていますが、これはもちろん安倍首相の盲従姿勢を揶揄したもの。18年6月にはなんと室井佑月が日刊ゲンダイで、安倍首相に対し「『拉致が解決されなければ、びた一文払わない』そうトランプおやびんに言える? あの人?」と揶揄しています。室井佑月って、本来トランプ支持者からすれば敵みたいな存在なのにね。

まあ、本来の使い方を考えれば当然。「おやびん」って、古いアニメなどで、悪役の子分が主人公にやられて「おやび～ん、やっちまってくだせえ!」とコミカルに泣きつく時のアレです。本気で「おやびん」って呼ぶなんて、アニメの登場人物並みに「子分性」だけで自我が構成されていないと難しい。

本来揶揄だったものを良い意味で使ってしまう例で言えば、去年の「アベノマスク」も同様。元々莫大な金をかけたちゃちなガーゼマスクに対し「アベノミクス」をもじって名づけられた皮肉だった

それにしても、
5chのスレッドでとりあげられた
「安倍、ついて来い」「へい、おやびん」の写真

ついてこい!!
へいっ おやびん!!
表情も姿勢も子分

それ以外のセリフが思いつかないほどしっくりくる。

はずが、いつの間にか政策に賛同する人もこの言葉を使ってしまっていました。皮肉を理解できないのかもしれない。

年始のアメリカ議事堂襲撃事件は、大統領が「みんなで連邦議会に向かうぞ」と演説した後に起こったのだから支持者は快哉を叫ぶのだろうと思ったら、襲撃直後から日本のトランプ派は口を揃えて「あれは反トランプの一味がやったことに違いない」と陰謀論を唱えました。私はこの現象が不思議だったのですが、「おやびん」と呼ぶほどの子分性を考えると納得です。

物語の中で、子分は自力で大きなことは何もできない。何かしようとするも愚かさゆえに必ずマヌケな（死なない程度の）失敗をし、親分に泣きつくということによって子分は自我を保っています。何かを成し遂げた時点で、あるいは命に関わる大失敗をした時点で、子分ではない。子分の立場の者に議事堂襲撃なんてできるはずがない、頼むから彼らと俺たちをいっしょにしないでくれ、と願うのが子分なのだ。

ニュアンスを理解できない言語力、進んで「子分」であろうとし自分の人生に対峙する気がない極端に卑屈な心性の集合体。まともに意見を戦わせるのにこんなに疲弊する相手はなく、対処法の結論が出ません。

2021／1／28

うあー

河野太郎

横書きのウェブ上で数字（特に桁の多いもの）を表記する時は、可読性や、コピペしてエクセル等で使いやすいという点から半角で書くのが常識です。去年、かたくなにウェブ上でも全角英数字を貫いていた朝日新聞が半角に改めた際は、ちょっとしたニュースになったほどです。

しかし河野太郎は、ツイッターで数字をほぼ全角で書く。コロナ感染者数を報告する文面には4〜6桁の数字が全角で並び、非常に読みづらい。私から見れば、全角数字を使っている時点で、河野太郎58歳はウェブに慣れていない凡百の壮年男性と変わりなく見えます。

それでも、ネットに疎い多くの老政治家からすれば、河野太郎は最新ツールを操る発信力が大変優れた「若者」に見えるのでしょう。彼がツイッターを使いこなしているかのように見える理由は、「（主に外見で）自分を褒める一般人にマメに話しかけ、味方を

作るから」「自分を批判する一般人を積極的にブロックし、敵を作るから」主にこの2点だけだと思うんですが。

さて、ワクチン担当相になった彼は、1月20日に「うあー、NHK、勝手にワクチン接種のスケジュールを作らないでくれ。デタラメだぞ」とツイートし、物議を醸しました。さらに「新聞各紙が『政府関係者』なる者を引用しているけれど、全く根拠のないあてずっぽうになっている。信用しない方がいいよ」と追い打ちも。

まず、彼はこう書いておきながら、「NHKが作ったデタラメなスケジュール」なるものがいつ開示されたどのようなものか、どれが「あてずっぽう」なのか、具体的には示しません。ぼかしておけば細かい批判もされませんからね。

NHKが何の根拠もなくゼロから「デタラメなスケジュールを作る」わけがありません。NHKが公開したのは、仮にどこかに誤りがあったとしても、厚労省が開示したスケジュールに基づいているはずです。単に河野太郎が厚労省と関係をうまく築けていないだけじゃないでしょうか。

彼がやりたいことは、都合の悪い情報が出たときに「デタラメ」「フェイク」と言ってメディアを叩き、支持者にメディア不信を植え付けることです。これはトランプと全く同じなので、支持者はカルト化し、河野太郎の発言以外信じなくなっていくでしょう。危ない傾向ですが、自覚しているのかどうか。

この経緯でいかにも日本的だなあと思ったのは、彼が冒頭に「うあー」と入れたこと。いかにも焦っている、冷静ではなく少し間の抜けた、親しみやすい人間味のアピール。彼は「味方」の有権者とのやりとりでもこういう感じを多用しますが、自分が今まさに担当する重要な国家的プロジェクトに際してさえこれをやる。このことによって「オレという気さくな個人をいじめる巨大メディア」という空気を醸成し、理屈ではなく感情と雰囲気で、応援を強固にしようとしています。

人間は「うあー」で味方になってくれるかもしれないけど、コロナは「うあー」と言っても容赦してくれない。彼がワクチンの担当になったのはものすごく不安です。*

2021/2/4

＊岸田内閣では自民党の広報本部長に。

いきがるのが男らしさじゃない

宮本浩次（エレファントカシマシ）

ネットを回遊していると、令和の世でもＳＰＡ！ではまだ「女子力が高いと思う男」ランキング、などという企画をやっているのを知る。1位はりゅうちぇるですって。今どき偏見が強すぎる「女子力」なんて言葉をストレートな意味で使う企画そのものが古いうえに、いま「女子力高い」でりゅうちぇるの名前が出てくることも二重に古い。ＳＰＡ！という媒体だけ5年くらい前のパラレルワールドにいるのかな。

もっとも、同ランキングの次点にはＩＫＫＯ、マツコ・デラックスという名前もあります。アンケートの趣旨はそういうことじゃないだろ。回答者はそもそも「女子力」や「男」という概念について日頃から何も考えていないんでしょう。テキトーな編集部に対し、読者も投げやり。時代の溝に全員沈んでいきそう。

一方その頃、ヤフーではエレファントカシマシの宮本浩次がインタビューされていました。そのタイトルは「『男』からジェンダーレスへ」。気になります。

文中にもあるとおり、宮本浩次はかつて「男」を歌いあげていました。90年前後に出た1〜5枚目のアルバムには「花男」「待つ男」「珍奇男」など、「男」が入る曲が8曲もあります。その頃のパフォーマンスは、自分が男であるという強烈な自覚を元に、男らしさについて自問自答しながら、時には客に悪態をつき、自らの男性性をエネルギー源として爆発させているような印象でした（個人的にはこの頃の曲も好きですが）。しかし、12年の「涙を流す男」以降、タイトルに「男」が入った曲は書かれていないらしい。ついには去年、女性歌手の楽曲だけで作ったカバーアルバム「ROMANCE」をリリースしています。

容易に近寄れないかんじの
80年代の宮本浩次も好きなんですがね…
エレファントカシマシ初期
メンバーも怖かった

彼は、最近好むジェンダーレスなファッションの話も交えつつ、自らを「男らしさとは」から「本来の自分とは」という旅に移り変わっているんじゃないかと分析し、「『いきがるのが男らしさじゃない』みたいなところにね、大人になってようやく気づいて」と語っています。

かつて「いきがった男らしさ」を表現していたミュージシャンが、今やこういう考えになっている。去年テレビ番組にわりと積極的に出ていたのも、偏った「男らしさ」に拘泥しなくなった心の変化によるのかもしれない。

例えば若手芸人で「とんがっている」とされる人は、確かに大物芸人や「お約束」に媚びずに自らの面白さを追求していて野心的ではあるけれど、売れ始めた頃の有吉弘行しかり、最近ではニューヨークや鬼越トマホークしかり、男尊女卑的発言を「併発」することが多いように思います。まさに、「いきがる＝とんがる＝差別などのタブーをとにかく茶化す＝男らしい」が結びついているんですよね。

ジェンダー案件に敏感になることは別に何かに媚びることでも、何かを諦めることでもなく、なんなら「とんがった」ままでもできるはず。SPA!みたいにまるごと時代遅れになる前に、男も女も、宮本浩次的なゆるやかな変化を視野に入れてほしいものですね。

2021／2／11

今朝は娘にも孫娘にもしかられた

森喜朗

森喜朗、お久しぶりの大きめな舌禍事件。「女性がたくさん入っている理事会は時間がかかる」。

この人、あえて言えば、女をただただ「かわいい存在」だと思いたいんだと思う。実際に会うと森喜朗は女性に対しても腰が低く紳士的でいい人だ、という話もよく流れてきます。それ自体は悪いことではないけれど、森喜朗の場合、それもすべて「かわいい存在だから」でつながっているように思えます。

「かわいい（元は、かわゆい）」という言葉は、「不憫」という意味から始まり、「女・子供など弱者への憐れみ」→「憐れみから来る情愛」へと変化したらしい（小学館・精選版日本国語大辞典より）。今でも「かわいい」に、か弱いものへの憐れみが含まれることは当たり前にありますが、森喜朗が思っているであろう「かわいい」もその意味です。対象を弱者だと見なしていることは、自分を強者だと思っているということ

でもあります。

森喜朗の今回の問題発言は、冒頭の例のほかに「女性は競争意識が強い」「誰か手を挙げると『自分も言わないといけない』と思うんでしょうね」「組織委員会にも女性はいるが、みんなわきまえておられる」などが挙がっていますが、私は、これらへの批判を受けて翌日に言った「昨夜、女房にさんざん怒られた。『またあなた、大変なことを言ったのね。女性を敵にしてしまって、私はまたつらい思いをしなければならない』と言われてしまった。今朝は娘にも孫娘にもしかられた」（毎日新聞）という弁解（？）もかなり醜悪だと思うのです。これも「かわいい」とだけ思っておきたいから出る言葉でしょう。

森喜朗が女を見る目線は、親が幼い子を見る目線と同じで、必ず上から下です。

――女は確かにかわいいが、半人前の女が会議にたくさん入ってくるなんて、たまったもんじゃないだろう? だから正論で諭してやったが、ずいぶんと参っていたようだから、俺も折れて叱られてやったよ。ほら、こんなにいたわってやってるんだ。なんでまだ俺が責められないといかんのだ。——こう思っていると思えば、その後の逆ギレ会見もしっくり来ます。彼が反省するわけがない。

総じて日本文化は（と、主語を極端に大きくしますが）弱いもの、かわいいもの、未熟なものをそのままの形にとどめ、「自分より下」だと思いながら愛でることが多すぎます。森喜朗的な女性への目線はごく当たり前に日本社会に蔓延しているわけで、うっかりするとこの愛で方が「女性尊重」だと思ってる人もたくさんいるはず。私としては、あまたいる女性グループのアイドルが実年齢よりも幼げにふるまったり、歌やダンスが未熟だったりすることをファンが求めがちな傾向も同様のものだと思っています（もちろんアイドルはそういうのばかりじゃないですが）。

日本男女は、強い女に慣れ、強い女をきちんと相手にしなければいけない、と思う。皮肉にも、女子オリンピック選手にはそういう存在が多いんだから、大会に関わるトップは女の人がやることこそふさわしい。というか、オリンピックはもう無理だって言い放ってよ、組織委の女の人が。

2021／2／18

古い価値観を捨てるには言葉遣いが大事だなと思う

高知東生

「俺陰謀論を信じかけてたんだよ」「俺は『人の裏を読め』を金言としていた。この度危うくyoutube の見過ぎで陰謀論を信じかけた事を内省したが、よく考えたら表の仕組みを何も知らないんだよ。そもそもの知識がないし、知る努力を面倒くさがってた」「俺みたいなあまり賢くない人間は、単純な結論付けを言い切っている人の話が分かりやすく入ってくるんだよな。専門的な知識が深い人ほど様々な角度から検討しているので、一面的な部分で単純な結論付けをしない」など、陰謀論について語った高知東生の一連のツイートが話題になりました。「実は世界の裏ではこんな企みが！」という荒唐無稽な論にハマる人が陥りがちなプロセスを見事に言い表しています。この言葉にハッとした人はきっと多いはず。

これを機に彼のツイートを読んでみると、彼はいつも字数制限の１４０字ほぼいっぱいに、それこそ金言と言えるような文章を毎日だいたい1回したためています。

例えば2月11日。「古い価値観を捨てるには言葉遣いが大事だなと思う。『いい家住んで、いい車乗って、いい女抱いてそれが上京の目標だった』と仲間に言ったら『いい女って不愉快だから『理想の女性』と言って下さい』と言われて驚いた。そうか！こうやって俺は無意識に人を傷つけてたのかと気づけた瞬間。」森喜朗の女性差別発言という時流にさりげなく乗りつつ直接言及はせず、価値観の変化を経験で語る133字。毎日、非常に読み応えがあります。このツイッターをきっかけに小説の依頼もあったらしい。

140字ってけっこういろいろ言えるもんだ。
年を取ったら時代と共に変わる価値観に上書きしていく事がしんどくなってきた。今の時代を息苦しく感じたりする。だけど若者から見たら「男らしく」「女らしく」なんて価値観こそ息苦しいよな。俺達の時代に言われた若い頃は何を手に入れるか、年取ったら何を捨てるか。生き方自体を変えるんだなと実感
2/9
これ、売れそう。

そういえば、人気芸人にちなんだ、笑える／ためになる言葉が書いてある日めくりカレンダーって、ここ5年くらいひそかに流行ってますよね。ただ、今年「有吉弘行365日くらやみカレンダー」なるものが出ると聞いて、「なぜ今？」と思ったんです。あだ名や毒舌で人気が爆発的に上昇した頃ならともかく、彼は今やもう大物司会者。今年やること？って。

「酸いも甘いも知った有吉弘行による、含蓄ある金言が毎日拝める」そうですが、広告で挙がっている例が「コンタクト似合ってませんね」という一言。「メガネからコンタクトに変えて『自分がかわいくなった』と勘違いしている女性」への言葉だそう。ほかにも、「それぐらいの個性しかありませんか」「弱さも振りかざせば暴力」……。

これらを見て、私は少しゾッとしてしまった。もちろんこの芸風自体は以前から変わらない。容姿イジりは引っかかるものの、大げさにあげつらうほどの問題発言だとまでは思わない。けれどもやっぱり「今年っぽくなさ」が何よりゾクゾク伝わってくるのだ。十数年前の若手時代ならエッジの利いた毒舌ネタだったろうけど、地位を築いた今だからこそなお、強者のパワハラ的視点にも見えてしまう。

高知東生のほうがいま圧倒的にカレンダーに向いています。無理に書き増ししなくても、今年1年分くらいのツイートをそのまま当てはめれば商品化できちゃいそう。こっちのほうが「今」ですよ。

2021／2／25

家族

伊藤俊介（オズワルド）

世間の知名度的にどのタイミングで書くか迷っていたけど、テレ朝「アメトーーク！」で話題になったんだからここに書いてもいいだろう。私は若手芸人のオズワルド・伊藤俊介が、同居するルームメイトを「家族」と呼んでいるのがものすごく好きだ。

2月11日の「アメトーーク！」は「仲良し同居芸人」というテーマで、売れていない頃に同居していた芸人達がその思い出を語るというものでした。その中で、現在も同居中なのがオズワルド・伊藤と蛙亭・岩倉（ほか、出演していない森本サイダー、ママタルト・大鶴の4人でルームシェアしている）。

番組内ではあまり取り上げられませんでしたが、彼は同居人をいつも「家族」と呼んでいます。もちろんこの男女4人に血縁はなく、共通項は芸人だというだけ。ダ・ヴィンチニュースで連載の伊藤のコラム（第2回）ではこの同居の経緯について説明し、今の生活の良さを語り、「当然僕は、彼らを家族と呼ぶに決まっているのである。」とまと

別姓を希望する夫婦に
あんたたち、体も一緒になるんだろ？
とセクハラをカマした亀井静香なので
しっかりこの2人にツッコんでもらいたい
アンタら同居してるってことは、一緒になることもあるんだろ？
蛙亭 岩倉
オズワルド 伊藤
オイまさかと思うけど体の関係聞かれたぜ!?
キモすぎるやろ
アハハハありえへん

めています。

「アメトーーク！」より前、1月31日のテレ朝「爆笑問題&霜降り明星のシンパイ賞!!」でもこの同居は話題になっていました。M－1グランプリに出演した伊藤を、「家族」はテレビの前で真剣に応援し、優勝できずに落ち込んで帰ってきたところを優しく抱きしめたり、励ましたり。

ツイッターを見てみると、伊藤はどうやらルームシェアを考えはじめた頃から「未来の家族」などと書いています。おそらく最初は冗談で言っていたんでしょう。でも、今やごく自然に「家族」と呼んでいそうです。ほかの同居人も、何の説明もなくメンバーを「家族」と呼び始めています。芸人特有のおふざけであり、「家族」という名のユニットだ、と言ってしまえばそれまでですが、実態を見れば見るほどこれはまさに「家族」と呼ぶのがふさわしいんじゃないか、と私は思うんですよね。本人が家族と呼んでいるこの形態が家族じゃなかったら、家族って何だ？　血縁、なきゃダメ？

ちなみに、「家族」の呼び方を強調している伊藤は、血のつながった妹・伊藤沙莉（俳優）のほうが知名度が高く、過去にはその妹と同居もしていて、家族が何かとネタにされてきた人でもあります。だからこそなおさら彼が言う「家族」には味わいがある。

そういえば、2月13日放送のNHK「ETV特集」では、「夫婦別姓〝結婚〟できないふたりの取材日記」と題して、別姓を希望する夫婦を取り上げていました。

番組内で、選択的夫婦別姓に反対する亀井静香は、夫婦に「愛し合ってるんなら、姓が一緒じゃないと困るんじゃないの？」と詰問します。夫婦が「何に困りますか？」と返すと「やっぱしさ、一つになったほうがいいんだよ」とまともに答えない。しまいには「日本はな、天皇の国だよ」「みんな天皇の子だから一緒なんだよ」とまで言い出す始末で、あまりの時代錯誤ぶりが話題になりました。こういう「えらい人」を見るたびにこっちとしてはいろんな形態を「家族」って呼んでやろうという決意が固まりますね。

家族の定義なんて、芸人さんみたいな卑近な部分からも日々グズグズになっていくんだから、覚悟してほしい。

2021／3／4

べーさん大好きだから、授乳

中居正広

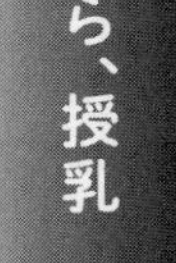

世間も私も少しずつ認識が変わってくるなか、森喜朗の一件が決定的となり、私はもうテレビでの言葉の端々が引っかかって仕方ない。世にあふれる森喜朗的なもの。

3月2日、日テレ「ザ！世界仰天ニュース」で菊地亜美が授乳についての話をしはじめると、中居正広は隣の笑福亭鶴瓶を茶化して「べーさん（鶴瓶）大好きだから、授乳」と言い出す。すると鶴瓶は笑いながら否定し「母乳がいちばん健康やということを言いたいねん！　それで（母乳育児かどうかを）聞くねん」と主張し、その場にいた前田敦子に「あっちゃん、母乳やったな？」とすぐに聞く。前田敦子は苦笑しながら「母乳……」と答え、菊地亜美が「答えなくて大丈夫！」と言い、笑いが起き、和やかにさっきの授乳の話に戻る、と。

——ハァ……（溜息）。

3月4日、フジテレビ「とくダネ！」は、池脇千鶴演じる主人公・笛吹新（40歳）と同世代の女性を勇気づけ、大きな反響を呼んでいる同局のドラマ「その女、ジルバ」に注目しました。このドラマの舞台は、女性従業員の平均年齢が70歳のバーです。しかし、コーナーの終わり際に小倉智昭は「実際に女性の平均年齢70歳のバーがあって、扉を押すかどうかというと、そこはちょっとどうかなあと」と半笑いでつぶやいて水を差す。大川立樹アナが「行ってみるとすごいかもしれません」とフォロー（？）しても、「ある意味すごいかも」と嘲笑気味に言い、三浦瑠麗のほほえむ顔が映ってそのまま次の話題へ。

――ハァ……。

生放送の「とくダネ！」はともかく、深刻なのは「仰天ニュース」のほうです。まず授乳の話題が出た時点で、下ネタ的な方向にトスを上げずにいられないMC中居正広。それを受けて「赤ちゃんには母乳がいちばん」と話をさらに危うい方向に広げ、母乳なのかどうかというセクハラまがいの質問を別の人にも繰り出す

まあ「とくダネ！」も3月で終わりなので…
いろんな発言も言いおさめ。
ちょっとどうかなあと思いますけどね。
ワイプに映る3人
ただほほえむ
古市憲寿
そんなに笑顔でもないことがなおさら「義務で言ってる」みたいで怖い
小倉智昭
口の端でほほえむ
三浦瑠麗

MC鶴瓶。そして何より、収録だから編集でいくらでも切れるのに、このやりとりをあえて残した日テレ。三者により強固に守られる世界。

ちなみに母乳育児に固執する傾向はよく「母乳神話」と呼ばれ、新米母親達を追い詰めるものとして最近は特に忌避されています。もちろん母乳じゃなきゃいけない科学的根拠など何もありません。

テレビ局やMCには、任意の女について性的対象かどうか言わねばならないという契約でもあるのかね。ブサイクな女や年配の女については「性的魅力がない」の方向で一発イジらないとダメ、おっぱいや体の話題が出たら「エロ」の方向で一発イジらないとダメ、それこそが男のサービス精神、みたいに考える男たちがまだまだ相当な割合でいる。差別的なのに、もはや強迫観念です。場を和ませるためにこういうことを言うんだから全くもって森喜朗イズム。みんな不愉快な森だよ。テレビは男の森。

私はもう「アメトーーク！」の、出演者はほとんど男性、観客（コロナ以前の）は基本的に女性のみ、という構造にすらものすごく違和感覚えるようになったからね。

2021／3／18

内閣府さん

カジサック

吉本興業が国家権力に近づきたがっているのはもはや自明のことですが、元々吉本的なるものと今の政権にはとても親和性があるので、単に気の合う2人が自然に友達になった、程度のことなのかもしれない。だとすると「絆」が強くてもっと事は深刻です。

私の思う、吉本的なるもの。ホモソーシャル、男尊女卑、先輩は絶対。意見の違いを言葉で解決せず、権力者が弱者を干すことで収束。家族的な絆を重視し、その形式に合わないものは淘汰。女性・子供・障害者・外国人などを安心して「イジれる」立場に追いやる。深刻な問題も全部「笑いにする」という名目でなあなあに。

――これ、全部「国」っぽいなあと思う。

YouTuberのカジサック（キングコング・梶原雄太。吉本興業）は子供をたくさん作っていることがお国への貢献と見なされたのか、内閣府から「YouTubeでマイナンバーカードを広報すべし」という命を受けました。私はこんな企画を作る内閣府よりも、

国、広報担当としてEXITを
狙ってそうな気がする。
ほんとに森さんの発言全文聞いたのかァ？
本来の目的はオリンピック成功だぜ!?!
アベマプライムで↑こんなこと言ってたからな…

これに思いっきり乗るカジサックの「吉本感」のほうが怖い。彼は動画で「あの内閣府さん！　あの内閣府から直々に（略）お声がけいただきました！」と内閣府に「さん」までつけ、先輩芸人みたいにゴマをする。それでいて、動画のタイトルは「【感動】カジサック家がドラマに挑戦します」にしてあって、内閣府関連の企画だと表向きには打ち出さない小賢しさもあります。自分で「感動」って。

動画の内容は、実の妻子を役者として動員し、カードの便利さをドラマ仕立てで伝えるもの。例によって家族の絆をテーマにしている上に、「実はスタッフの中野くんは以前からドラマ制作をしてみたかった。その夢が叶った」と、「夢」という視点まで載せてきた。いやもうカロリー過多っすわ。

さらに、この動画を紹介する吉本公式のニュースサイトを見ると、「今回のカジサックの動画は、1つの目標に対してどこからアプローチをし、どう人を動かし、いかに効果を生み出すかを考えたもの。これは国の政策を企画・調整する内閣府と同じであり、規模は違えどもきっと誰もが経験するプロセスでもあるように思いました」とあります。

つまり吉本は、「みんなでマイナンバーカードを使いましょう」ではなく、「愚かな国民にマイナンバーカードを使わせるため、我々とともに考えましょう」という立場で動画を見る人たちに話しかけているのです。うわあ、気味が悪い。

確かに、「どう人を動かすか」という立場を仮想体験させれば、視聴者はまるで自分が権力を持って政策を遂行しているように感じられて、政策の是非を論じる人なんかバカにしたくなるでしょうね。最近の小金持ちの人たちも、わりとこういう立場を取りたがるよね。

一方で、一昨年の闇営業問題のとき、吉本のやり方にしっかり反論して「加藤の乱」を起こした極楽とんぼの加藤浩次は、驚くほど露骨に干され始めています。レギュラー番組が次々終わり、3月一杯で吉本とのエージェント契約も切られてしまう。なぜこんな報復が衆人環視のなかサラッと行われているのだろう、ゾッとします。おそらく早晩日テレ「スッキリ」も切られますよね？

2021／3／25

#クロ現卒業

NHK

武田真一アナが、ＮＨＫ「クローズアップ現代プラス」（以下、クロ現）を降ろされてしまいました。

武田アナは１月、コロナ対策について二階俊博にインタビュー。二階氏は「政府の対応は十分か」という質問に怒り、「他の政党に何が出来ますか？」「いちいちそんなケチをつけるものじゃない」と逆ギレして話題となりました。このことで、ＮＨＫは政府から圧力をかけられたか、あるいはＮＨＫ上層部が勝手に忖度して武田アナを切ったというのが専らの通説で、私もそう思っています。

だって、同時期に同局「ニュースウオッチ９」の有馬嘉男キャスターも切られるんだから、偶然とは思えませんよね。有馬氏はかつて菅義偉に学術会議の任命拒否問題について聞き、菅氏は怒って机を叩きそうになりながら「説明できることとできないことってあるんじゃないでしょうか」と逆ギレしています。痛いところを突かれるとキレる人たちをキレさせた結果、降ろされる2人。不条理。テレビだからギリギリ我慢したけど、菅氏は普段から机をバンバン叩いて他人をビビらせる人なんだろうな。

ちょっと話がそれました。さて3月18日、武田アナにとってクロ現最後の日。テーマは愛知の不正署名問題で、武田アナは「民主主義は常に変わらずそこにあるものではなく、悪意によって容易にゆがめられる恐れがある」とまとめました。さらにそこから胸を打つお別れのメッセージを続け、真摯な口調で、「クローズアップ現代プラスは、これからも怯まず、伝え続けていきます」と締めくくりました。何に怯まないということだろうか。決意、あるいは後任への念押しなのか。いろいろと想像してしまいます。

大臣や議員も、辞任や更迭の代わりに「卒業」って言ってもいいよ
「顔は出したが会食はしていない」という発言をもちまして…
大臣を卒業させていただきます！
卒業候補生

クロ現の公式ツイッターも、この挨拶の動画を再録して掲載し、さらに武田アナ直筆のメッセージもつけています。しかし、そこに添えられたハッシュタグ「#クロ現卒業」が気になる。

この「#クロ現卒業」は、このタイミングで去るほかのアナウンサーにも添えられているものの、武田アナ降板の経緯に疑いを持つ私としてはどうも引っかかるのです。最近、本来の意味以外で「卒業」がよく使われる機会といえば、アイドルグループでしょう。「脱退」と言う場合は、客観的に分かりやすい何らかの問題があって抜けざるをえない、という印象ですが、「卒業」とくれば「おめでとう」と言わなきゃいけないわけで、円満に抜ける時はもちろん、問題を表面化させたくない時にも使うイメージがあります。「卒業」と言われてしまえば桜の下でニコニコほほえんでる映像が浮かぶわけで、ポジティブな言葉であるがゆえに真相を追及しづらくなる。

だから、クロ現のツイッターには自らこの件を「卒業」なんて言ってほしくなかったのです。武田さんおめでとう、次のステップに羽ばたいてね、なんて、心から思ってる人はいないでしょう。「怯まず伝える」というフレーズを残せるのであれば、「卒業」なんて言葉で丸く収めようとしないでほしい。怯んでいるように見えちゃうから。

2021／4／1

バンドメンバーに立候補!?

スッキリ

2回前に、加藤浩次もいずれ「スッキリ」を降ろされるのでは？　なんて書きましたが、私はスッキリが好きなわけではない。むしろ流し見しては文句を言っていて、もはや文句を言うことが目的化しています。でも、毎回無理せずにしっかり文句を言えてしまうのも事実なんだ。

3月23日、なんとなくテレビをつけたらスッキリをやっていて、3月で番組を「卒業」する水卜麻美アナがリンゴ・スターにインタビューしていました。なぜ？

リンゴ側には新譜の宣伝という意味も一応ありますが、これは、ビートルズファンの水卜アナに対する日テレからのプレゼントらしい。新譜の話なんかより、「夢のようなリンゴ・スターへのインタビューに挑む水卜ちゃん」が主役です。

リンゴの口からポール（・マッカートニー）の名前が自然に出てくると、「ポールの名前に大感激！」とテロップが出て、水卜アナがリンゴとポールの今も変わらぬ友情に

関係ないけど、「スッキリ」で
「携帯電話の下4桁の
合計数字」で占いをする人が出ていて
シウマ氏
合計「16」の人は
頼られると
NOと言えない。
正義感に
あふれる。
→だいたいみんなそうだろ…
近藤春菜
陽気のようで
人見知り
はあ〜
たしかに…
占い業界も新しいこと
狙わなきゃいけなくて大変ですね…
って思ったけど、もしかして流行ってんの?

感動した、という視点になる。水卜が趣味でやっているバンドの話をして「(ビートルズの)カバーをさせていただいたりするんですが」と言い出せば、リンゴは「君のバンドに入りたいよ」と言ってくれ、「(リンゴが)バンドメンバーに立候補!?」とテロップが出る。

ああもう、地上波に海外スターが出る時は、だいたいこう! 徹底してミーハー目線を誇張して、幼稚な質問を連発。人と人として接してない。

こういうのを見て、いたたまれない、恥ずかしい、という気持ちになってしまう私のような人間は少数派なんだろうか。これも「共感性羞恥」だろうか。

私はこの手の企画を見ると、日本のテレビの事情なんか知るわけがない海外のスターを、日本の番組を引き立たせるための単なる素材として使っていることに叫びたいほど恥ずかしくなるのです。新譜についての詳細を聞くわけでもなく、インタビューと称しながらただ「ファンです」ということを子供っぽく長々とぶつけるだけの一方的ふるまいをリンゴがニコニコと受け入れているのを見ながら、テレビ局がそれなりのお金を払ってこんなことをさせているんだなあ、彼は内心ではすごく呆れてるんじゃないかなあ、と思うあまり、身が縮むような気持ちになるのです、勝手に。勝手に、です。もしかしたらリンゴ本人は楽しんでるかもしれないけどさ!

この日はほかにも、「卒業」する水卜アナと近藤春菜に対してジョン・ボン・ジョヴィ、アヴリル・ラヴィーン、スティングからもサプライズメッセージが来ていたらしい。一応スッキリに出演経験のある3人は「さびしくなるね」「いつまでもロックでいてね」「お二人がいないのはさびしい」などと言ったらしい。近藤・水卜は「『え〜!すごい!』と驚きの表情でメッセージを見届けた」、らしい。

うう……恥ずかしい。私はこの部分は見逃した(ネットニュースで読みました)ので詳しい言及は避けますが、ジョン・ボン・ジョヴィは「さびしくなる」なんて絶対思ってないって。

2021/4/8

もうそういうことはやるなと

早河洋

テレ朝「報道ステーション」のウェブ用CMが炎上して3月24日に取り下げられたけど、私はこのCMの内容をもう少し丁寧に読み解きたいんですよね。私は初見で理解ができなかったので。

このCMは、帰宅した一人暮らしの若い会社員女性が、彼氏（らしき相手）にリモートで一方的に話しかけるという構図で進みます。制作者の持つ古めかしいカップル観には嫌悪感があったものの、それ以上に、彼女のセリフが終始ピンと来ないのです。

炎上の一つの要因は、出演女性が言う「どっかの政治家が『ジェンダー平等』とかってスローガン的にかかげてる時点で、何それ、時代遅れって感じ」というフレーズ。

まず、このフレーズでもって「ジェンダー平等」の運動を揶揄している、と捉えるのはいくらなんでも文意を読み解けていないと思う。ここだけならむしろ「とっくに草の根で進んでいる運動が政界ではいまだにスローガン止まりで、時代遅れ」という意味に取るのが普通でしょう。

しかし、その前段では「会社の先輩、産休あけて赤ちゃん連れてきてたんだけど、もうすっごいかわいくって」と言っています。ジェンダー平等の実例とするには弱すぎるサンプルで、全くピンと来ない。

「先輩の赤ちゃんがかわいい」程度の話でごまかさず、例えば「会社の先輩のゲイカップルが養子の赤ちゃん連れてきてたんだけど〜」くらいのことを言えば話の辻褄は合うわけ。あるいは、「『ジェンダー平等』を推し進める政治家を鼻で嗤って『ウチらはもっと進んでる』と示す」という複雑な構成にせず、素直に「ジェンダー理解のない政治家を軽くディスる」にしておけばいいわけ。

このCM、主人公のOL役(?)の人が
バリッバリのブリッ子演技を
させられている。
顔をやけにふる
ちょっとニュース見ていい?♡
こいつ報ステみてるな
女性をバカにしてる、と批判された
最後に出てくるこの言葉。
このブリッ子(の役)の
彼氏ならいかにも言いそう
こいつ報ステみてるな!
オラオラ彼氏役の例

なぜそれをしないか。それはきっと、テレ朝が弱腰だからでしょ。

とても進歩的な例を示すと視聴者に受

け入れられないかも、と腰が引けてるから「赤ちゃんかわいい」でお茶を濁す。理解のない政治家を例示すると自民党や森喜朗ディスだと思われて叩かれるから、それを嫌って、比較的まっとうな政治家を茶化す形にしちゃう。その結果、こんなまどろっこしいセリフになったんじゃないですか。

この炎上を受けて、テレ朝の早河洋会長は「短いCMの中で、ジェンダーというテーマを表現するのは大変難しい」「もうそういうことはやるなと。PRの方法論として」などと述べた、らしい。

ほら、弱腰ぶりによって起こった失敗により、会長が「難しい表現はやめとけ」とさらに弱腰発言をカマしました。いや、これは弱腰のふりをした、ある種の宣言なのかもしれない。「これで面倒なジェンダー問題を扱わなくていい理由ができた。せいせいしたぜ」というような。

池上彰は最近の朝日新聞について「外部からの批判に耳を傾けることは必要ですが、気にし過ぎると、批判すべき対象への批判の矛先が鈍」ると言い、「最近の朝日、行儀良すぎ」とまとめています（朝日新聞3月26日）。テレ朝も朝日新聞も、敵から叩かれて弱腰になり、弱腰ぶりを味方に叩かれ、どんどん縮んでいく。誰かの思う壺です。

2021／4／15

新しい世界に羽ばたく人に贈りたい

朝日新聞

私は高校生のときにリアルタイムでオウム真理教の一連の事件を見聞きしているほか、知人が別の新興宗教によって大変な目に遭ったのを見ているので、新興宗教の類にはアレルギーに近い抵抗があります。ということで、今回の件、完全に私事から入るので恐縮なんですが。

３月28日、朝日新聞に「本の力」という全面記事が出ました。著名人や出版社12組が「新しい世界に羽ばたく人に贈りたい」として、それぞれ1冊の本を推薦するもの。不肖わたくしも、この記事に寄稿のオファーを受け、悩みながら選書しました。

いざ記事になり、ほかの本を見てびっくりです。私ともう1人を除き、全員が自著か自社の本を推薦している。「新しい世界に羽ばたく人」なんて、ほとんどこじつけだ。よく見れば隅に「広告特集」とあります。私に来たオファーのメール文面では、広告なんて言ってなかったのに！（のち、一部の著者には、私への発注と違って自著を宣伝す

着物が好きなのか、小林貴虎議員。
それは別にいいんだが、
体格のいい人が着物で演説する姿には
そこはかとない宗教指導者感
(江原啓之感)があるなと思った。

るよう注文があったことが判明)。

なかでもひどいのは、「1万年堂出版」の本「歎異抄をひらく」を同社社員が推薦していることでした。ここは、偽装サークルによる勧誘が問題となり、カルトと呼ばれることもある「親鸞会」という新興宗教関連の出版社で、この本もその会長による著書です。私が大まじめに推薦した本が、そういった宗教団体の隠れ蓑として利用されてしまった。私は怒って朝日新聞の担当者に抗議し、通り一遍の謝罪は受けましたが、宗教関係のことについてははぐらかされてしまいました。

新聞や雑誌が新興宗教の教祖等の本を広告すること自体は、いいことだとは思いませんが、否定もできません。日本には信教の自由も言論の自由もありますし、朝日新聞に限らずこんなことはどんなメディアでも見ます。しかし、私が書いたような一般的な本のレビューに紛らせて、広告であることが分かりづらい絵面でこういう新興宗教本を紹介するというのはさすがに道義上大問題でしょう。

新聞は売り上げが右肩下がりだから、確実に広告料が稼げるこういう団体が頼りになるという状況は大いに分かります。さらに、思いきり好意的に推測すれば、担当者はこういう気が乗らない広告記事ばかりに飽き、少しは自分の意志の及ぶ仕事がしたいと、私に声を掛けてくれたのかもしれません。しかし、「いつもお世話になってる宗教団体」に慣れすぎてその危うさが見えなくなっていては、ほかの出稿者にとっても迷惑です。

事件の陰に新興宗教がチラつく例は最近でもたくさんあります。例えば3月30日には三重県の自民党県議・小林貴虎が、公開質問状を送ってきた同性カップルの住所を無断でブログに晒し上げて大問題となりましたが、この人も、純潔思想・反ＬＧＢＴで知られる「統一教会」のフロント組織と濃密な関係があることが発覚しています（本人は信者ではないと言いつつ、関係性は否定せず）。思想の方向性を問わず、主張や経済性のためにカルトについて目をつぶるのは危なすぎます。

2021／4／22

やっぱ怒ってますよね？

森田哲矢（さらば青春の光）

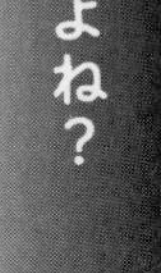

過去にも先輩芸人の妻との不倫騒動を起こしたことのある芸人・東ブクロ（さらば青春の光）ですが、デイリー新潮がまた彼の女性トラブルを報道しました。記事によれば、彼はある一般女性を妊娠させて「堕ろしてほしい」と懇願した、そもそも一度も避妊してくれなかった、遊んでいるキャラで売っているから結婚すると仕事が減ると言って結婚を拒否した……など、徹底して不誠実。さらには記者に直撃された際、妊娠中にほかの女性と関係を持ったことについて「そんなん言われたら僕なんかボロボロ出てきます」と開き直るなど、かなり印象が悪い。

さらば青春の光（森田哲矢・東ブクロ）は、芸人界には珍しい個人事務所所属です。社名は「ザ・森東」、社員は2人＋マネージャー（元芸人）の3人、社長は森田、副社長は東ブクロ。この体制で不祥事に対応できるとは思えません。

しかし、この件の謝罪文は早く出されました。社長（＝相方）の森田名義で、意外と

東ブクロのトラブルもお笑いにならないし、
やりたくない人にバンジーさせるのも
本来お笑いにならないと思うよ……
浜ちゃんめっちゃ笑ってたけどマジ怖いわ。
バンジー寸前の顔
顔が固まってる
ハア…ハア…
アカン…
「水ダウ」ばっかり見てるから
水ダウの話題多くて恥ずかしい。

きれいな筆跡の文章が本人のツイッターに上がったのです。女性の訴えについては「プライバシーにも関わる問題なので」と直接的謝罪を避け、世間に対して謝る形だったことは引っかかるものの、よく芸能事務所が出すような文章にはなっています。「お叱りの言葉は真摯に受けとめたいと思いますが、お相手の女性に対するSNSなどでの誹謗中傷は絶対におやめください」と、今どき起こりがちな問題にもきちんと言及。案外しっかり（というか事務的に）対応できるものなのだな、と変に感心しました。

ところが、彼は次のツイートですぐふざけてしまう。「ただのゲスが偉そうに真人間のフリしたので今日は流石に疲れた。シコって寝よ」と記し、インスタのストーリーにも猫の写真とともに「やっぱ怒ってますよね？」と。出したばかりの謝罪文を「ま、形だけで~す」と言っちゃってるようなもんです。「笑いにするのは芸人の性」でごまかせないこともたくさんあるのに。

この件、言ってみれば森田はとばっちりですが、一応社長だからもう少し覚悟すべきだろうと思う。個人事務所だからといって責任をなあなあにしていると、その代償が自分に降りかかることもあるわけで。

14日のTBS「水曜日のダウンタウン」では、ドッキリ企画で森田が半ば強制的にバンジージャンプをさせられていましたが、本来彼は「バンジーNG」らしい。頑固にそう言うだけあって20分も身体が言うことをきかず、飛ばされる寸前には顔面蒼白で呼吸も浅く、私にはとてもお笑いとして成立していないように思えました。よくマネージャーがOKしたなあ……と思って、気づいた。個人事務所で本人が社長だから、マネージャーへのお伺いなんてきっとあってないようなものなのだ。こんなに苦手だと分かっていたら、大きな事務所ならオファー段階で断るでしょうに。

フリーや個人事務所も増えてきて、芸能界の新しい動きは歓迎すべきだけど、なんでも芸人ノリでどうにかなると思ってると、両刃の剣で自分も危険な目や不条理な目に遭うと思うんですよ。しっかりするところはしっかりするっていう共通認識、大事。

2021/4/29

分からない

丸川珠代

丸川珠代といえば19年の参院選で、*タピオカ容器の不統一などについて「これこそ政治が解決すべき点」と主張したので（ツイッターに書いた唯一の公約がタピオカ政策でした）、それ以来私は彼女をタピオカ担当大臣・丸川タピ代と呼んでいます。しかもこの公約は全く実現されていません。ブームは終息しましたが、早急に解決に向けて動いてほしいものです。

タピオカ担当大臣は丸いものが好きなので、適材適所で、丸がたくさん描かれたマークでおなじみのオリンピックの担当大臣にもなっていたようです。しかし、タピオカと五輪ではだいぶ丸の大きさが違いますので、やはり重荷なのではないか、と思うことが頻発しています。

4月23日、IOCのバッハ会長が、緊急事態宣言は五輪開催に関係がないと言い切ったことについて、タピ代氏曰く「報道では存じているが、直接話していないので分から

タピ代の公式サイトには
トップページにこう書いてあります。
東京オリンピックパラリンピック
競技大会まであと一年。
2020年のその先の
未来に向かって…（笑）
日に日に表情を失っていくタピ代
↑
2019年の選挙から
ほったらかしと
思われる。
ちゃんとせえ…

ない」。さらに、緊急事態宣言が及ぼす影響について聞かれても「今のところ答えることは難しい」。

担当大臣なのに何も分からないんだな……と呆れながら、私はふと「タピ代って、『聞いてない』『分からない』『答えられない』みたいなことばかり言ってない？」と思い、調べてみました。

3月、中国オリンピック委員会からワクチン提供の申し出があった、というバッハの発言について「事前に伺っておりません」。

観客の上限を判断する時期について、日本側は4月で合意したにもかかわらず、バッハが5、6月の状況を反映するよう求めたことに「よく伺ってみないと分からない」。

4月、北朝鮮がオリンピックに不参加の意志を表明したことに「どういう事情か分からない」。

タピ代、何もかも、分からなすぎなのでは？　都合が悪いからはぐらかしているという狡猾さすら見えず、本当に何も知らない人がボケッと突っ立ってる感じを受ける。しかも、文脈的には「聞いてないから分からない」ばかり。そんなこと堂々と言うなよ、聞けよ、情報収集せえよ。自分が何も知らされてない状況、何の解釈もできていない状況はマズいって自覚してよ。担当大臣なんでしょ？

実はタピオカのツイートについては、意外にも井上咲楽が去年インタビューしていました。その回答によれば、「プラスチックのリサイクルに問題意識を持っているので、タピオカの容器がポイ捨てされているのを見て、思ったことをさっと書いた」らしい。「さっと書いた」。ああ、納得。場当たり。若者にウケるかもという思いつき。じっくり考え、自信を持って言えるような主張が何もないから、結果としてツイッターにはさっと書けるタピオカのことしか書けなかったんじゃないだろうか。「お飾りの女子アナよりも、自分が生かせる仕事をしたい」程度の気持ちを見透かされ、結局「テレビで有名だから票を得やすい」という理由で、タピオカ兼五輪担当大臣は中身のないまま有用なお飾りとして矢面に立たされている。

今井絵理子もそのうち大臣になるんでしょうかね。

2021／5／6・13

＊『そのへんをどのように受け止めてらっしゃるか』（文春文庫）170ページ参照。

なんで僕に聞くんだろう

幡野広志

ウェブメディアcakesで連載中の人生相談「幡野広志の、なんで僕に聞くんだろう。」が半年ぶり2回目の炎上をしてしまいました。

去年10月、夫からDVを受けているという女性の相談について「嘘、大げさ」と根本的に否定する回答をし、DV被害者らからの批判を受け大炎上。その後、彼は担当編集者とともに、DV問題を専門とする信田さよ子に話を聞くなどし、学んだはずでした。

しかし先日また炎上。相談はなんと14歳女子からのもの。幼なじみが19歳男子とつきあっているが、その彼の素行が悪く、一切避妊もせずセックスをしている。幼なじみの母は家事も育児も放棄している。幼なじみの交際に口出しすべきか？　という内容です。これに対し幡野氏はずっとふわふわした文章で、登場人物全員について「気持ちは分かる」みたいなことを言っている。結局「14歳のキミには話を聞くことしかできないけど、それが最良だとおもう」「友達自身が気づいて成長していかないといけないの、それが自立っていうんです」と、実質的に「放置すべし」という回答をしていました。

これでは炎上するのも納得です。幼なじみの母はネグレクト、つまり一種の虐待をしているわけだし、避妊せずセックスしてくる19歳の彼氏がいる女子中学生なんて放置していいわけがない。

しかもcakes編集部は、炎上の兆しが見えた瞬間に黙って記事を削除してしまいました。著者にすら知らせなかったようで、幡野氏は記事削除を知って「ああ、本当だ。消えてる。」と淡泊なツイート。素早い削除も、その後の幡野氏の他人事のようなつぶやきも、すべて逆効果となりました。

ただ、じゃあこれはどう答えるべきかと聞かれたら、私は数日悩みそうです。周りの大人がしかるべき相談窓口につなげるというのが「正解」なんでしょうが、恋人に夢中の友人に対し14歳が具体的に

人生相談 というほどじゃないけど
「中島らもの明るい悩み相談室」シリーズ
明るい悩み相談室
中島らも
悩み相談モノはコレくらいの軽さがいいと思うんですよ。 名作。

どう動けるか考えたら、こんな文章一本に何ができるかと思ってしまう。

人生相談系の企画ってとんでもない覚悟が要りますよね。投稿の選択の時点で、深刻な相談をいくつか切り捨てなければいけない。さらに、回答も読みものとして面白くなければいけない。悪く言えば、面白い記事を作るために人の悩みを利用するということが起こりうる。時には相談者を叱りつけたり、相談者が信頼している人物の悪い部分をバサバサ斬って読者が溜飲を下げるという、悪趣味な読みものにもなりうる——というか、そういうパターンのほうがきっとウケが良い。幡野氏もそんなスタンスで人気を獲得してきたはずです。「なんで僕に聞くんだろう」というタイトルが、ある程度無責任に答えることの言い訳になってしまっています。

周りの人に言えない悩みを見ず知らずの他人に相談したい、そして第三者は他人の悩みを見て共感したり面白がったりしたい——こんなニーズがあるからこういう企画は絶えないんでしょうが、この手の企画では、相手に寄り添うよりも読みものを面白くすることに重きを置きがち。この傾向、要注意です。自戒を込めて……。

2021／5／20

心の涵養

繁内幸治

自民党内で稲田朋美を中心に「LGBT理解増進法案」なるものが検討された結果、他議員から「人間は生物学上[*1]、種の保存をしなければならず、LGBTはそれに背くもの」などという驚くほど直球の差別発言が上がり、了承されませんでした。

この発言を外に出したTBSには感謝だけど、この差別発言を「慎重な意見」などと呼んでいて、腰抜けめ、とも思う。

山谷えり子は五輪を意識してか、女子の競技に男性の身体で参加する人が出たら問題だなどと言うけれど、それはまず基本的なことを理解してから出てくる議題でしょう。

さて、そうは言っても自民党がLGBTのことを考え始めたのは確か。この意外な流れの元を追うと、[*2]以前に私がここで書いた事件に行きつきました。――15年、宝塚市議・大河内茂太は、LGBT支援策について「宝塚がHIV感染の中心になる」などと発言。バッシングを受けた彼は逆によく勉強し、自民党内でLGBT支援に前向きな運動の中心となり、稲田朋美に働きかけるまでになった――という一連の出来事。

この後ろで動いた人物がいたようです。NGO団体代表、繁内幸治。自らもゲイである彼は、かつて差別発言をした議員が大きな批判を受けてむしろ心を閉ざしてしまった一件に学び、この時に大河内氏に素早く働きかけて説諭し、自民党とLGBT支援を結びつける役割を果たしたのです。

……というと、いかにもいい話ですが、今年、毎日新聞でこんなニュースが。

オリンピック、やるんならぜひ
↓この標語を掲げようね
道徳的にLGBTは認められない
LGBTは種の保存に背くもの

3月、稲田朋美率いる「女性議員飛躍の会」で繁内氏が講演しましたが、なんとテーマは「暴走するLGBT」。彼は「(男性である)自分が今日から女性だと言えば、女湯に入れるようになる」などと現実的には考えづらい極端な例を挙げてLGBTの「T(トランスジェンダー)」への恐怖を煽り、尊厳を傷つけた、らしい。

彼は自分のフェイスブックでこの報道を遠回しに否定していますが、「暴走するLG

BT」というテーマや、女湯の話などの問題点には一切触れず、講演のときに使ったパワポの写真のせいで誤解されたなどと、長文で延々と意味不明な内容の言い訳をしています。論点ずらしにも程がある。

繁内氏は、代表を務める「LGBT理解増進会」のサイトで、なんと「差別禁止を否定」しています。彼が言うには、性急に差別禁止を主張すると「心の涵養」が進まず、いじめも起こるので、ゆっくり「理解増進」すべきだ、と。今まさに起こっている差別は直視せず、「心の涵養」という実態のないものを重視するさまは、諸問題を直視せず、開催の根拠として実態のない「絆」を連呼する五輪に似ています。

I have black friends という有名な言葉があります。黒人差別者が「私には黒人の友人がいる。だから私は差別主義者ではない」と自分を正当化する論法です。自民党もI have LGBT friends と言いたいんでしょう。今や繁内氏は自民党がLGBTを差別していないと主張するためのコマになっています。ゆっくり、何十年もかけて「理解増進」すればいいんでしょうから、自民党はまだ胸を張ってLGBTを差別できそうです。あと十年くらいは繁内氏が差別の正当性を保証してくれるはず。

2021/6/3

＊1 自民党衆議院議員・簗和生の発言。
＊2 『文字通り激震が走りました』（文春文庫）190ページ参照。

この件は、彼女なら自分で十分解決できるはずです。心配はしていません

玉木真理

もう2か月ほど経ったけど、4月4日のマリエの告発は結局どうなったのかね。

マリエはその日、インスタライブで15年前の枕営業強要について告発しました。打ち上げで島田紳助に性行為を誘われ、周りにいた出川哲朗らにも勧められたが（出川本人は否定）、マリエが断ると番組を降板させられた、という話。

11年、東スポは島田紳助の「喜び組疑惑」を報じ、女性7人の実名を挙げています（マリエは入っていないが）。また、同年、アサヒ芸能には「紳助を絶対に許さない女たちの『絶縁状』」なる記事があり、「仕事をやるからとチラつかせることで、ついでに口説こうとしたんですが、マリエはなびかなかった」という文章があります。

当時のこんな報道から見ても、私は今回のマリエの告発の真実性は高いと思う。芸能界の問題だからって一般紙がまるで無視なのもひどい話です。芸能界の労働環境に関する大問題ですよ？　取材してよ。

そして、こういう発言は、残念ながらとかく別の事情ばかり憶測されがち。

マリエは3月に公開されたインタビューで、4~5月に本を出す計画があることを語り、「かなり衝撃的な内容がたくさん入っているんじゃないかな」と言っています。これをもってまず、「告発は本の宣伝のためなのでは？」という噂が流れました。

しかし、宣伝の意図があったら発言の真実性が薄れるんでしょうか。もし本の内容がこの告発に関わることなら、主張を広めるために「宣伝」するのは当然ですよね。まだこの本は出てないみたい。早く読みたいよ。

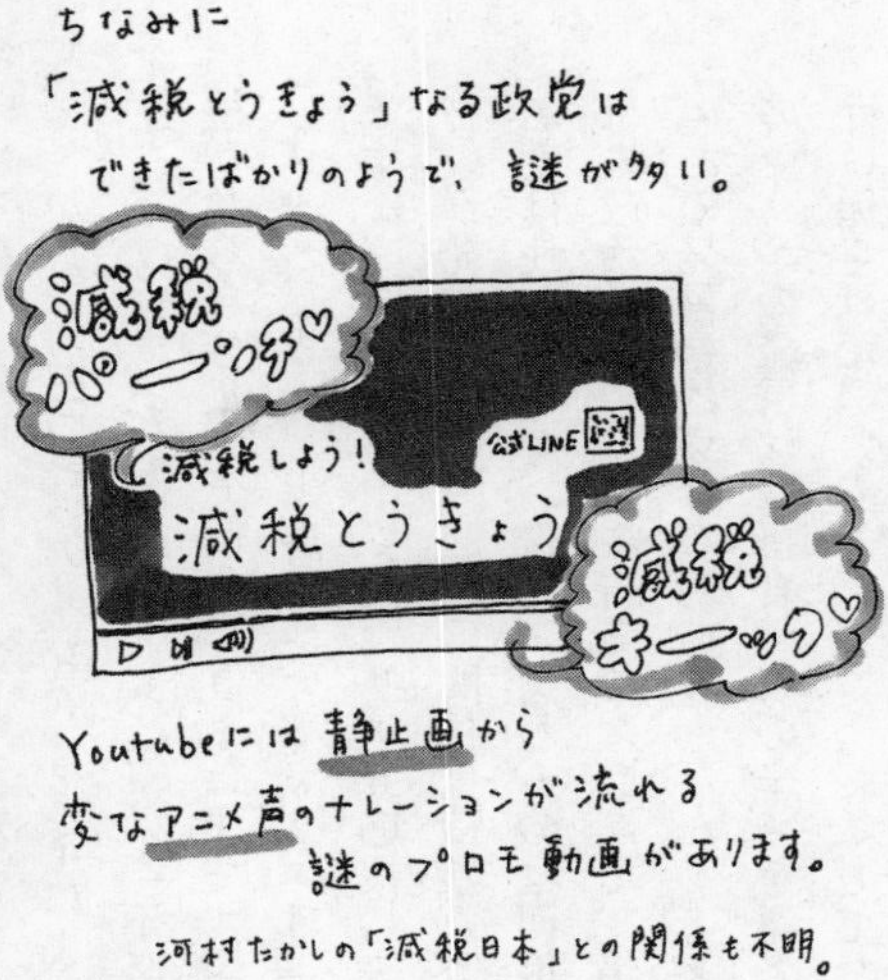

ちなみに
「減税とうきょう」なる政党は
できたばかりのようで、謎が多い。
減税パーンチ♡
減税しよう!
公式LINE
減税とうきょう
減税キーック♡
Youtubeには静止画から
変なアニメ声のナレーションが流れる
謎のプロモ動画があります。
河村たかしの「減税日本」との関係も不明。

そして最近また一つややこしいことが。

マリエの母・玉木真理が地域政党「減税とうきょう」の副代表になり、7月の都議会議員選挙に港区から出るというのです。これでまた「マリエの告発はこれのためだったか」なんて言う人が出てきてしまった。

しかし、FRIDAYのインタビューによれば、玉木真理は娘・マリエの告発について「ショックでしたね」と言いつつも、「不必要な発言とも思」うと切り捨て、「この件は、彼女なら自分で十分解決できるはずです。心配はしていません」と突き放していて、少しゾッとします。出馬についてマリエは「応援するから頑張って」と言ってくれたそうですが、同じ記事中で「マリエも応援に来てほしいけど、それはなかなか難しいかも」という発言もあり、2人の関係は微妙そう。これを読む限り、母の立場からは「娘の知名度は使いたいが、告発に関わるのは面倒」という気持ちが透けて見えます。マリエが母の政治活動のために告発したなんて、憶測にもほどがある。

「あの発言には実は裏がある」なんて考えは、だいたい陰謀論めいてしまいます。今回のマリエの発言は、摂食障害の辛さを語っていたはずが、酔いが回り、その場にいた男性に煽られた勢いもあって言ったことでした。うかつに口が滑った、100%の本音と見るべきでしょう。

それにしても、あらゆる状況が連帯を起こりにくくさせている。どうかほかの人からも告発が続いてほしい。

2021/6/10

女性の身元について、〇〇市〇〇、〇〇さんと発表

各新聞社

立川市で、19歳少年がホテルに性風俗店店員を呼び、70か所も刺して殺すという残虐な事件が起こりました。立川署はふつうに被害者の名前を発表したため、いくつかの報道機関はそのまま職業と実名を報道してしまいました。

セックスワーカーのほとんどは、その仕事を周囲に秘密にしています。理不尽な殺され方をしたうえ、秘密をバラされる――あまりにも配慮がない。当事者の支援団体「SWASH」は関係者の氏名を原則非公開とし、プライバシー保護を求める要望書を出しました。当然だと思います。

さて、私はかねてから、容赦なく実名報道されるけど匿名にすべきだと考えているケースがもう一つあります。ただ、これは女性が「加害者」となるもの。妊娠した女性が、父親となる人をはじめ周囲の協力を得られず（連絡が取れない、家族と関係が悪く妊娠を言い出せないなど）中絶もできずに追い詰められ、自力で出産し、すぐ死なせてしま

ミヤネ屋では 元警視庁の人が
残忍というほどのものではない
ミヤネ屋
大峯泰廣
「ロス疑惑」や「地下鉄サリン事件」などを担当
と言ったそうで…. 70か所刺されてるのに。
一体何から何を守ってるんだろうか。

う事件です。こういう事件、実はものすごく多い。ここ1年でも……

▽去年6月、20歳女性が公園のトイレで出産直後に遺棄。交際相手と連絡取れず。

▽7月、30歳女性が4月に自宅で出産した子供を留守中に死なせる。父親不明。

▽8月、22歳女性が自宅で一人で出産し川に遺棄。父親不明。

▽9月、30歳女性が自宅で一人で出産、自宅内に遺棄。父親不明。

▽11月、26歳ベトナム人実習生の女性が自宅で一人で出産、敷地内に遺棄。父親不明。

▽11月、21歳ベトナム人実習生の女性が自宅で一人で出産。自宅内に遺棄。父親不明。

▽12月、17歳女性（高校生）が店舗内トイレで出産し殺害。父親不明。

▽今年4月、25歳女性が宿泊施設で出産。実家に運び遺棄。父親不明。

▽4月、19歳女性が自宅で一人で出産、自宅に遺棄。父親不明。

▽4月、22歳女性が自宅で出産、翌月実家敷地内に埋める。父親となる人は妊娠を知らず。
▽5月、24歳女性が自宅で出産した数日後に死なせる。父親不明。
以上、「父親不明」には、単に報道されていないものも含む。この数、ペース、衝撃的じゃないですか。

これらの事件は、未成年を除くと全女性が実名で報道され、ほとんどの場合、裁判の判決の報道までずっと実名が出ます。

確かに命を奪うという直接的行為の責任は母親側にあるけれど、状況を考えれば父親となる側にも相当な責任があると思う。しかし、そちらの名前が出ることはまずありません。一人で産む役目を負わされ、追い込まれた側の実名ばかりが報じられつづけていて、心が痛みます。出産をめぐる社会環境の問題を訴えるなど、意義があって報道するなら分かるんですけど……。実名の必要性、どのくらいありますかね。

思いっきり穿って見るなら、「若い女がひどい目に遭う」というのが目を引くから、被害者でも加害者でも若い女性のほうが名前やプロフィールがたくさん報じられる気がするんですよね。若い女性が何か珍しい仕事をすればすぐ「美人〇〇（職業名）」って言われちゃうし。

2021／6／17

出場停止

日本相撲協会

朝乃山はキャバクラに行っただけで6場所（1年）出場停止となってしまいました。なんてこった……。

朝乃山は夏場所前、相撲協会の感染予防ガイドラインに違反してキャバクラに行き、それを文春にすっぱ抜かれて、協会に問い詰められても一度は否定しました。発覚前後の経緯は確かにひどい。ただ、コロナ禍の状況でなければ、キャバクラ通い自体は何ら咎められることではありません。スポーツ報知によると、なんと朝乃山は処分が出る前に引退届まで提出していたらしい。キャバクラ行って引退なんて冗談にもならないよ。

ただ、正直、引退届は「受理しないだろう」と見越して出したようにも見えます。誰かに「反省した姿勢を見せるために、提出しておけ」とでも言われたのかな。なにせ、禁を破ってキャバクラに行ったのも、それを隠したのも、文春によればスポニチの某記者の言いなりなんだから。某記者は、朝乃山を連れ回し、それを撮ろうとした文春記者

朝乃山が幕下で相撲を取ると
相手の力士がかわいそうなので
こっちは（相撲の）素人じゃねえんだよ
こっちは素人です…
若手の幕下力士
スポニチ記者氏は朝乃山の謹慎中に
代理で相撲を取るのはどうでしょう

を「こっちは素人じゃねぇんだよ」と恫喝しています。あの経緯を見ると、問題後の対処法もあわあわしながら誰かに頼っている気がしてなりません。

さて、今回の厳しすぎる処分は、去年、幕内（当時）の阿炎《あび》が同様にガイドラインを破ってキャバクラに行き、過去に起こした軽微な問題も影響して3場所の謹慎となったことが1つの基準となっていると思われます。そもそもキャバクラで半年謹慎なんて、阿炎の処分はいくらなんでも重すぎた。そのせいで今回の処分がインフレになってしまったのだ。

大相撲での出場停止は、番付が落ちることも意味します。阿炎の地位は謹慎によって幕下まで落ちましたが、この地位では1場所に取組が7番しかなく、相対的に1つの取組の重要度が上がります。

謹慎後の春場所、幕下下位で復帰した阿炎は、実力差があるために当然ほとんどの取組で圧勝。同場所では若手有望力士の時栄《ときさかえ》が6連勝しましたが、「これに勝てば関取昇進」というところで阿炎との対戦が組まれ、完敗して昇進が阻まれてしまいました。

謹慎や出場停止と言われれば本人だけが罰を受けるイメージがあるけれど、大相撲の場合はこのように、実力者の長期欠場により「風が吹けば桶屋が儲かる」式に何の罪もない若手力士に「被害」が及んでしまう。朝乃山は阿炎より実力が上なので、長期出場停止後の復帰によって、若手力士の出世が阻害される例が多発すると思われます。こういう場合は出場停止中の力士の地位を一定以下に下げないなど、何らかの特例を考えてほしいもの。

ちなみに阿炎の処分の際には、当時新婚で子供が生まれたばかりだったにもかかわらず、新居から一人で所属の錣山部屋への「出戻り」を強制され、不要な外出を禁じられるという罰も科されました。

これも、乳飲み子を育てる奥さんや周りの人々に本人以上の精神的・肉体的負担がかかりかねない不条理な罰です。朝乃山の件も含め、懲罰処分を考えるときは、極力本人だけが償える形にしてください！

2021／6／24

皆様、関係者の皆様

加藤綾子

河野太郎が、霞ヶ関でのテレワークの阻害要因であるＦＡＸを6月末に禁止するとぶち上げました。それを6月中に言うとは、この人の性急さ、拙速さにはいつも閉口するものの……まあ、ＦＡＸで送る必要性がないものを順次メール等に切り替えること自体はいいことだと思うんです。

これについては有吉弘行も自らのラジオ番組で、（さんざんＦＡＸとセックスにからめてしょうもない下ネタを言ったあと、あえてマジメに）「（ＦＡＸなんて）今時どこにもないよ！」「（変化が）遅いんだよね！」と同調していました。

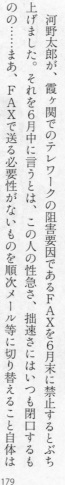

しかしそんな有吉弘行も、4月の結婚の際には自筆ＦＡＸで発表しているのです！

芸能人は誰しも、結婚したときにＦＡＸから逃げられない。ネットが発達した現代、ＦＡＸという道具は「芸能人の結婚発表用家電」です。あれのおかげで私みたいな悪趣味な好事家が筆跡を分析したり揚げ足を取ったりできるわけです。本文はパソコンで打

ち、署名だけ自筆してＦＡＸというパターンも最近よくありますが（星野源・新垣結衣夫妻はこれ）、少し残念。やっぱり芸能界の人は、できればさほどうまくない手書きで全文書いて律儀にＦＡＸしてほしい。

　最近の加藤綾子アナの結婚も、しっかり自筆のＦＡＸで発表されました。しかしそこは如才ない加藤アナ、文面に何も引っかかりがありません。もちろん結婚報告の文なんて、余計な詮索をされないよう無難に書いた方がいいんでしょうが、それにしてもこの文章には引用したくなるような個性的な部分が一つもない。全ての部分がどこかで見たことがある文章の組み合わせ。「完全なる無難」です。

　そして、筆跡も、ヘタではなく、極端にうまいわけでもなく、誤字もない。これは芸能人のＦＡＸ結婚報告文の集大成、日本のＦＡＸ文化の集大成と言ってもよかろう。こ

れから結婚する芸能人は、日付と名前だけ変えてこの文章をそのまま使うといい。

ただ、どうしても冒頭の宛先部分「皆様、関係者の皆様」だけが気になります。皆様、関係者の皆様。海よ、俺の海よ。バイク川崎バイク。なぜこんな表現になったのか。

これは、普通なら「ファンの皆様、関係者の皆様」と書くところ、自らファンに呼びかけるとまるで芸能人ぶっているようだから、如才ないアナウンサーとしてはそれを避けたく、「ファン」を抜いてしまったんじゃないでしょうか。最初からシンプルに「皆様」だけでよかったはずですが、慎重さが仇となって変な呼びかけになってしまった。

ところで、なんと今年6月、日本弁護士連合会は会長選について、FAXによる選挙運動の解禁を決めたそうです。廃止じゃなく、「今年から解禁」です。すごい！ しかも、メール送信はすでに認められていたのに、それでも今年FAXを認めたという蛮勇。

橋下徹がラジオでコメントしてましたが、裁判の世界はいまだに書面をFAXで送り、捺印してFAXで返すという作業があるそう。FAXは芸能界だけでなく法曹界用家電でもあったのだ。いや、どうにかならんかね……。

2021／7／1

システムがこちらのアカウントをスパムアカウントと誤認識した可能性があります

ツイッタージャパン

先日、突然私のツイッターが凍結されました。しかしツイッタージャパンに抗議をすると、半日ほどで解除されました。

ツイッターは、スパム行為や脅迫をしているアカウントを凍結することがあります。以前にも私は、その時点で数年前に書いていた「死ね」という表現をわざわざ探し出されて何者かに通報され、一時的に凍結されたことがあったんですが、おそらく今回もその手の嫌がらせの類だろうと思っていました。

今回のツイッターからのメールにはこうあります。「手短に状況を説明いたしますと、「Twitterでは、スパムを自動生成するTwitterアカウントを検出して削除するシステムを採用しています。今回、システムがこちらのアカウントをスパムアカウントと誤認識した可能性があります」

きっと凍結解除された人みんなに同じメッセージを送ってるんだろうね。なんだよ

「可能性」って。手短じゃなくしっかり説明しろ！

私のアカウントはどう見ても「スパムを自動生成」なんかしていませんので、おそらく「このアカウントはスパムである」という嫌がらせの通報がある程度集中し、自動的に凍結されたのではないか、と思っています。その直前に私は丸川珠代を批判したり五輪反対と書いたりしていたもんで、反感を持った人がやったのかもしれませんね。ツイッタージャパンによる言論弾圧だ！　政府の圧力だ！　と騒いでいる人もいたけど、私はもう少しくだらない話だろうと見なしています。

本題からズレるんだけど……
この映画のコピーが
あなたも毒見してみませんか？
パンケーキ政権の甘い罠
パンケーキを毒見する
タイトルとほぼ同じ内容
（「パンケーキ」も「毒見」も使っている）
なのは、これも怠慢を感じるぞ!!

そのわずか2日後、今度は「パンケーキを毒見する」という映画の公式アカウントが凍結されてニュースになりました。菅義偉を批判的に描いた映画だけに、私のとき以上に「政治的圧力か」という声が大きくなりましたが、これも翌日には解凍されました。

これも同じパターンでしょう。そりゃ今の政府は気に入らないヤツに圧力をかけたくてしょうがないでしょうが、さすがにそんなストレートなことをやっては反感が高まるばかりです。一部の「政府の熱狂的サポーター」が自主的に嫌がらせのスパム報告をしているだけでしょう。これについては、アンチ活動が映画の大きな宣伝になってしまった気がします。

それにしても、ツイッターの発祥国であるアメリカでは、陰謀論を撒き散らすQアノン界隈のアカウントがトランプ元大統領もろとも7万件も凍結されたというニュースがあったというのに、日本でそういうアカウントが凍結されたというニュースはとんと聞きません。おそらく何度も通報されているでしょうに、政府を支持しつつ差別を煽動するアカウントは日本でいくつも生き生きと活動しています。私自身も差別発言をするアカウントを通報したことがありますが、その人が凍結されたためしがありません。

アメリカのツイッターと日本のツイッターは方向性が全く別物です。これは憶測ですが――私や「パンケーキを毒見する」が凍結されたのは「政治的圧力」ではなく、単なるツイッタージャパンの怠慢であって、むしろ、特定の差別煽動アカウントは絶対に凍結せず保護するという方針の「政治的配慮」があるんじゃないでしょうか。

2021/7/8

ステークホルダー

平井卓也　丸川珠代

何かと騒がしいデジタル庁のサイトでは、国会中にワニ動画を見ていたことや恫喝発言でおなじみの*平井卓也大臣が挨拶しています。

「国民の皆様方のご意見に耳を傾け、外部の有識者や技術者コミュニティとも対話を行い、数多のステークホルダーの皆様方と想いを一つにしながら、デジタル改革の推進に努めてまいります」……あれ、なんか最近、別のところでも聞いた言葉だ。

6月22日、五輪会場で酒類販売の方向、というニュースに反発が起こった時、丸川五輪（とタピオカ）担当大臣は「大会の性質上、ステークホルダーの存在がどうしてもある」と弁解したのだ。各メディアはこれをスポンサーのことだと解釈し（当然でしょう）、コロナ禍に酒を出すという危うい判断を堂々と企業のせいにした大臣に批判が殺到。なんだかんだで酒の提供はナシってことになりました。

さて、一般的にはあまり使わない「ステークホルダー」という言葉、この2人の口か

ワニ平井大臣、
DX（デジタルトランスフォーメーション）に代わって
「デジ道《どう》」という言葉を流行らせたいらしい。
マジでこういう写真がある
剣道、柔道、
デジ道!!
デジ道
平井卓也
日本スゴイ、なんでも武士道精神、
とりあえず書にしてみる（相田みつを的な）、
恫喝……あふれるヤクザ感!!!

らサラッと出るんだから、政権界隈で何らかの意味が付加されてるんでしょうね。

辞書的には「利害関係者のこと。企業の存立にとって不可欠な存在である、その企業に関与する関係者を総称してステークホルダーという」（日経ビジネス経済・経営用語辞典）。つまり、経済的影響を受ける関係者を漠然と指すビジネス用語。経営において「ステークホルダーを意識する」と言えば、周りの様々な関係者に耳を傾けバランスを取るという、主に良い意味で使われます。

しかし、「個別のある利害関係者について、株主を指すなら株主、従業員を指すなら従業員と言えば良いため、あえて『ステークホルダー』という言い回しをするのは、複数の異なる種類の利害関係者をまとめて総称する必要がある場面に限られる」（e-Words IT用語辞典）という説明もあります。都合よく使われそうな言葉でもあります。

デジタル庁は「誰一人取り残さない、人に優しいデジタル化を」と、福祉施策のような標語を第一に掲げているわりに、大臣の挨拶は「ステークホルダー」と想いを一つに、とまとめられています。この言葉は様々なものを指すとはいえ、やっぱり経営用語です。最後にこの単語を使うのはいかにも、企業を優遇したり干したりするのが好きな平井氏らしい、本音の漏れた言葉遣いです。

一方で丸川氏は「(ステークホルダーが)どうしてもある」と、悪者扱い。ここで悪者とされているのは、当然スポンサーのアサヒビールという「個別のある利害関係者」になりますが、単に名指しをごまかすために持ってきたカタカナと見るべきでしょう。ということで、今後政治家が「ステークホルダー」と言い出したら、「儲けようとしてるヤツら」くらいの意味で使っていると見るのがちょうどよさそう。ワシら政治家の味方にもなるし、時には責任を押しつけることもできるアイツら、という感じ。

平井大臣は、デジタル庁で成し遂げたいことを一言にすると、「日本はこんなもんじゃない」になるそうです。ここでも「日本スゴイ論」か。ステークホルダー(広い意味で)の私としては、こういう人と想いを一つにしたくないなあと思う。

2021/7/15

＊2021年10月5日にデジタル大臣退任。その後のHPの肩書きは「初代デジタル大臣」。2021年10月31日の衆院選(香川1区)で敗北、比例で復活当選。

フリーターですか、の方が

菅義偉

７月４日、ＮＨＫで「首相〝フリーター支援　社会保障制度見直し検討〟ラジオ番組で」というニュースが流れました。「エンターテインメントには、フリーターで関与している方が多い」からだと。

フリーターの支援策はいいことですが、そもそもこれは「フリーランス」のことでは？　以前にも安倍晋三やその広報担当（皮肉ですよ）の田﨑史郎がフリーターとフリーランスを同一視している疑惑があったので、またかと思って音源を聞いてみました。

問題の番組は、朝５時半にやっているＮＡＣＫ５の「森田健作　青春もぎたて朝一番！」（なんちゅうタイトル、なんちゅう時間帯）。仲の良い森田健作がこの非常時にわざわざ菅義偉を招く、２週にわたる企画の１週目です。

番組では、まず森田氏が菅義偉との縁を語り、千葉県知事になれたのも、アクアラインの料金を８００円にできたのも菅さんのおかげ、僕はあそこに菅総理の銅像造りますよ！　と、猛烈にヨイショします。ワクチン計画も褒め倒し、菅義偉もいい気分になったところで問題の部分へ。

森田氏は、自分も属するエンタメ業界は大変な減収で、「役者辞めて俺はアルバイトしてるよ」なんて人もいる、文化芸術は心の健康の一つだと思うが光は当たってないように見える、政府としてどう思うか……と菅氏に聞く。ここについては身近な話であるためか、ごく真っ当な質問です。

森田健作、菅義偉の出身にちなんで
雪にたとえてヨイショする
菅さんは粉雪!!
ぼたん雪はハデだけど
朝には溶けちゃって何もない
でも粉雪は
しんしんと積もるんです!!
それは…
うれしいですね…
雪国秋田の人にとっては
雪が積もるのは
迷惑では？

それに対して菅氏の回答がこれ（かなり長いので一部抜粋）。

「（融資、助成金などがあるが、非常に少ないと認めた後で）あとはその、意外に、フリーターですか、の方が、関与している方が多いんですよね。こうした人達の全体の処遇っちゅうんですかね、待遇っちゅう、国として、いろんな社会保障制度とか、そういうのをもう一度、見直ししたいっていうふうに思ってます」

言っていることは間違っていない。しかし、コロナ禍における文化芸術分野を語るなら、フリーターよりも、それが本業であるゆえに収入が激減してしまったフリーランスのことを取り上げるべきでしょう。フリーター支援は、文化芸術に関わっていようがいまいが行われるべきことです。

また、あえて「フリーターですか、の方が……」と一度区切って言及するのは、「俺もこの新しい言葉を使えるんだぞ」と暗に示す言い方です。「フリーター」という、とっくに意味が知れ渡っている言葉でこういう表現をするのは不自然です。やはりここは「フリーランス」のつもりで言っていたんじゃないか、という疑惑が浮かびます。前段で森田氏が、フリーランスの役者を辞めてフリーターになっちゃった人に言及しているのは皮肉なもんです。

しかし、会見の時いつも半死半生の目で原稿を棒読みする菅義偉も、仲の良い森田健作と2人きりなら快活に話すんじゃないかと思ったら、ふだんよりは多少明るいものの、口をあまり動かさずモソモソまどろっこしく喋るのは変わらない。元々そういう人なんだな。かつて竹下登が「言語明瞭意味不明瞭」と言われたけれど、菅義偉の言語不明瞭・意味不明瞭はもっと勘弁。

2021/7/22

向き合いすぎてほら結局意味不明さ

EXIT

初めてＥＸＩＴの漫才を見たときは、チャラいナリを生かしたしっかりしたネタが鮮烈で、私もファンになりましたよ。売れたら今度は「実はマジメ」という見られ方になり、りんたろー。には長く介護のアルバイトの経験があったり、兼近大樹は読書家で、人の容姿を腐すイジり方を嫌がる誠実さがあったりと、世間的な好感度は上がるばかり。兼近の過去の逮捕歴が暴かれたときですら、真摯な対応によって世間的にはほぼノーダメージでした。

しかしここに来てその真摯さ、マジメさに疲れが見えてきたと確信したのは、本人が作詞に参加した新曲「なぁ人類」の歌詞を見たから。

この曲は、具体的な社会問題が出てくる異色作です。まずＡメロ部分で「途方もない時間を割いて／捻り出してきたいじめ対策は／あだ名剥奪で解決？」と歌う。確かに最近、いじめにつながるからあだ名を禁止している小学校が増えたというニュースがあり

最近の人気者はすぐ「強者」のふるまいをしたがりませんか？
熱海が終わったもんなあ
「強者」なので、熱海の甚大な土砂災害まで
安易にイジってしまう粗品。
よく謹慎しないで済んだな…
いや….
宮崎アナのせいで(笑)
ヤバさにすぐ気づいてあせるせいや
霜降り明星のオールナイトニッポンにて

ました。こんな単純な解決法は変だよね、と一定の納得ができます。

しかし、その後の段では「ジェンダーレス時代により／Mr.&Mrs.を返還／謎めいてく昨今のルール」とあります。これも、男子の呼称「くん」をやめて「さん」に統一する小学校が増えたことを指しているのかな、と思う。彼らにとってはこれも「謎めいたルール」だ、と。

これらの例を、彼らは「過剰過剰過剰反応」と大ざっぱに解釈し、「向き合いすぎてほら／結局意味不明さ」と切り捨てます。「正義振りかざすいじめっ子／1番厄介な現実」「乖離していく　優等生社会」というフレーズもあります。

つまりこれは、ポリコレとかコンプラとか多様性とか、口やかましい「優等生」を「正義振りかざすいじめっ子」に認定し、抵抗する歌です。「hypocrite（＝偽善者）（略）／黙れ！そしてこのまま消えろ」とまで言っており、敵意がむき出しです。

サビでは「不正解とかないし／認めて／多様性」と、いかにも今っぽい価値観の言葉を並べていますが、この流れでの「多様性」は、いじめや差別について考えることを放棄し、いじめや差別すら「不正解とかない」「多様性」と言い張って漫然と認めかねない、危うい方向性のものです。もちろん彼らは「そんなつもりはなく、『向き合いすぎて結局意味不明』なものを批判したいだけ」と言うでしょうが、あだ名禁止みたいなズレた対策はむしろ「向き合い不足」で生まれるものでしょう。ド正論になるけど、もっと向き合い、考えるべきなんですよ。

そういえば兼近は、今年森喜朗が総叩きにされたとき、批判者に対して「攻撃することが目的になってる」と否定的にコメントしていました。

彼らの状況を見るに、有名になり、若者代表という扱いをされて言動に気をつけなければならず、その窮屈さは気の毒だと思います。しかし、それがゆえに彼らはいま、叩かれる「強者側」の立場の人にまず同情する状態になっているのかもしれない。

この歌詞を要約すると「ポリコレうざい」なんだけど、人気者の行き着く先がそんな凡庸な結論なんて嫌だよ。

「なぁ人類」作詞　桑原静香・ＥＸＩＴ、作曲　Funk Uchino・Victor Sagfors

2021／7／29

他人の黒歴史を「これで五輪が中止になる！」とか嬉々として喜ぶ、本当に悪趣味な人

実話BUNKAタブー

小山田圭吾が20年以上前に答えたいじめ体験のインタビューを責められて作曲担当を辞任しました。さらに、小林賢太郎も20年以上前のコント映像における「ユダヤ人大量惨殺ごっこ」というセリフを責められて開閉開式の演出を解任されました。

地獄の様相の東京五輪ですが、私は盛り上がると思ってますよ。みんななんでもすぐ忘れるもん。

ところで、小林賢太郎の発言を最初に掘り返したメディアは、全く無名のGEINOUなる、人を食ったような名前の芸能ニュースサイトでした。ここに載った、竹下恭一という人物の記名記事「〈ユダヤ人大量惨殺ごっこ〉五輪開会式演出・小林賢太郎に浮上した『ホロコーストいじり』の過去」が第一報。「竹下恭一」で検索してもほかに記事が全く見当たらないので、おそらく仮名でしょう。

このサイトは何もかも謎。デザインが極めてチープで、よくある盗用記事だらけのま

とめサイトのようです。公式ツイッターのフォロワー数はなんとたった19人（原稿執筆時）。「編集制作をプロダクション『Re:GEINOU』が行っております」とあるものの、運営会社の表記はなく、問い合わせ先はgmail（フリーメール）。ペーパーカンパニーのような不気味さがある。

そして、GEINOUに次いで実際のコント映像（違法アップロードのものと思われる）を掘り出して拡散したのが雑誌「実話BUNKAタブー」のツイッターです。この雑誌は、流行の作品等を「ゴジラどれもこれも駄作」などと身も蓋もなくぶっ叩く一方で、「安倍晋三総理再登板を絶対に許すな」「コロナ蔓延の元凶大阪人と吉村のバカ」などと権力側も容赦なく罵る記事が特徴で、ヌードグラビアが多いために書店でだいたい成人コーナーに置かれています。はっきり言って、一般的には信頼できる情報源と見なされることのない雑誌です。

私は「実話BUNKAタブー」に、
サブカル系女コラムニストが痛すぎるという記事で
取り上げられたことがある。(2016年)
← こういうヒドい似顔絵を描かれました
実話BUNKAタブー
…が、仕事はあまりdisられず、
なんといってもセクシャリティを全く
イジってこなかったので、
良心的な雑誌じゃないか!! と
思いました。

このツイッターは、映像を紹介したあと、しれっと「他人の黒歴史を『これで五輪が中止になる！』とか嬉々として喜ぶ、本当に悪趣味な人がたくさんいてゾッとしてます…」なんて嘯《うそぶ》き、これを五輪中止への燃料に変えようとする人をこき下ろしています。つまり、正義のためや五輪に反対するためではなく、引っかき回す快楽のために情報を拡散していることを隠しもしません。

ここ数年、芸能のみならず政治分野でもとかく文春のスクープが多く、新聞はもっとがんばれ、という論調がよくありましたが、ついに文春より「下」が出てきた感がある。

90年代、かつて鬼畜系なる文化を牽引した村崎百郎は「世の中を下品のどん底に叩き堕とせ」と言い放ちましたが、今年は、そんな方向性に少なからず影響を受けたと思われる小山田圭吾の過去の発言で彼自身が駆逐されたり、文春よりも下品（すみません）な「実話BUNKA タブー」や正体不明のサイトによって大きなスキャンダルが仕掛けられる世の中になってしまいました。今こそ本当に「下品のどん底」かもしれない。

2021/8/5

逃げたような状態があるというのは一切ない

高谷正哲

オリパラ組織委員会スポークスパーソン・高谷正哲は、五輪ボランティアの運転手が起こした当て逃げ事故について「逃げたような状態があるというのは一切ない」と意味不明の弁解をしました。いやー何度読んでもすごい文章。「逃げたような状態があるというのは一切ない」。

この事故は「うっかり」というレベルでは到底ありません。大会関係者を乗せた乗用車がトラックと軽ワゴンに追突し、女性2人が救急搬送。乗用車はその前後にも側壁にぶつかり続けており、追突後も前部が大破したまま10キロ以上走り、警察にやっと止められたという壮絶なもの。ボランティアの待遇のひどさは何度も報じられていて、大会関係者が絡む交通事故はこれ以前になんと75件も起きています。本人の問題以上に、雇用環境に大きな原因がありそうです。

さて、高谷氏は「逃げていない」とは言っていません。「逃げたような状態がない」

インタビューでは
こんなことを語っていた……
※高谷さんは（五輪広報として）
どんなゴールを目指しているんですか？
まず組織委員会自体が
世の中からもすごく
尊敬されるような組織に
育っていくこと
高谷氏
↑もう…… どうコメントしたらいいか。

のでもありません（この時点で意味不明だが）。「逃げた・ような状態・がある」と二重にぼかしてから「一切ない」と否定しています。

彼はおそらく、「逃げた」というネガティブな事実は否定したい。しかし「逃げたという事実は一切ない」と言えば嘘になる。そこで、文意が不明になるほど猛烈にぼかしてから「一切ない」をぶち込み、強く否定した「感じ」だけをむりやり作るという強引な策に出たのでしょう。重視しているのは「感じ」だけで、言葉の意味など殺してしまっている。

実は高谷氏は、開会式の作曲担当として小山田圭吾が問題になったとき、「現在は高い倫理観を持って創作活動するクリエーターと考えている」と擁護した人でもあります。森喜朗が組織委の名誉最高顧問になるという報道について「個別の人事についてはお答えすることは差し控えたい」と平然と定型句でごまかした人でもあります。

しかし、彼は6年前のインタビューでは、「広報の仕事に求められるスキル」についてまず「倫理観」を挙げていました。ツイッターにも「倫理感《ママ》：あらゆる行動の価値判断基準」と記し、「常に『正しかった』と肯定される判断をするための倫理感《ママ》を兼ね備え続ける事」が重要だと語っています。「倫理観」をキーワードとしていたこの時の彼の言葉は、まだ生きていました。

彼は最近、あるハードル選手が「ママさん」と報道されたことに、「男性で、パパさんハードラーにはならないからねぇ」とジェンダーについての問題提起をツイートしたこともあります。この言葉も、生きています。この時点では森喜朗と意見が合わなそう。

民間にいれば、それこそ倫理観を持った仕事を続ける人だったかもしれない。しかしそんな人も、組織の広報という役目を仰せつかれば、自分が大事にしているはずの「倫理観」という言葉を小山田圭吾の安易な擁護に使ってしまう。彼はこのとき、自分が大切にしていた「倫理観」という言葉を殺しました。今の首相みたいに言葉を殺した人は無敵です。定型句で会見をごまかそうが、意味が通らなかろうが、平気になります。

五輪が終わろうとも、2021年の言葉殺しの象徴として、彼のあまりに意味不明な日本語は忘れないよ。

2021／8／26

あなたがもっとも学んだことは何ですか？

新R25

YouTube生配信の「アメトーーク　特別編　雨上がり決死隊解散報告会」、見てしまったなー。これだけ長く連れ添ってきちんと売れたコンビがこの期に及んで解散するなんて、露悪的に言えば、人の感情のすれ違いがさらけ出される最高のドキュメンタリーになるじゃないですか。

まず、長年自分の主戦場だったアメトーークのスタジオに久しぶりに呼ばれて感極まる宮迫。そこから調子を取り戻そうと、蛍原や他の出演者をイジったりするもギクシャクする宮迫。一方で、宮迫に対して吹っ切れてサッパリしている蛍原。宮迫がいつものようにイジろうとしても以前のようには反応しない蛍原……アメトーーク特有のホモソーシャルで自己完結的な、すべてうまく着地するはずの関係性の中に、流れるはずのない奇妙な空気が澱んでいました。なんと残酷なリアリティショー。

この関係性は、円満な別れだと強調しながらも妻に未練たらたらで、何かとマウント

宮迫が調子を戻そうとして
かってのように蛍原をイジったときの….
(オレが蛍原に)フラれたとか(言うの)は
やめてほしいねん！
きれいなかわいい人なら
いいけど、ブスやん？
今そういうこと言うんや
あきれ
あきらめ
苦笑
蛍原の表情がザ・ドキュメンタリーでした

を取ってなあなあの関係に持ち込もうとする夫（宮迫）と、長く悩んだ結果夫への情がスパッと切れて懐柔に一切乗らない妻（蛍原）という、よくある熟年離婚そのもの。こんなものを楽しむのは下世話ですが、この番組はそういう見方をせざるをえない。

ところで、若手ビジネスパーソンをターゲットにした新R25というサイトがあります。セクハラで表舞台から消えた自称天才編集者の箕輪厚介をはじめ、ひろゆき、堀江貴文、田端信太郎などがよく登場します。良識ある人ならこのメンツを見て「ああ……」と半目で受け流すところですが、このサイトはよく広告を打っているのでネットで頻繁に目にします。

その新R25が、読者のトークテーマとして「『アメトーーク　特別編　雨上がり決死隊解散報告会』を見て、あなたがもっとも学んだことは何ですか？」という議題を提示していたのです。

ああ、新R25らしい！

効率最優先、全部自己責任、自分にとって必要のない命は僕にとって軽いんで＊（©メンタリストDaiGo）、みたいな人たちにかかると、あの番組にすら「自分はここから学びを得て成長しよう」なんて思うんだな。回答欄にはどっかのCEOだとか大層な肩書きの方々が「きちんと説明することの重要さ」とか「現代社会に欠如してる『愛』を感じました」とか、もっともらしいことを書いていて笑ってしまう。あれをわざわざ見た人たち（もちろん私も）は、雨上がり決死隊の大ファンでもない限り、芸能人のゴタゴタにとても興味がある下世話な人間だと思いますよ？

新R25には「アフガン政権の崩壊から我々が学ぶべきことは何だと思いますか？」というテーマもあり、雨上がり決死隊解散とカブール陥落が同列です。この衝撃的な軽さ。

何でも役に立つものにしよう、学びの機会にしよう、という極端さはむしろ視野の狭さに直結するね。役立たずをもっと大切に。私もつい「ためになること」を書こうとしてしまう。雨上がり決死隊の解散みたいなテーマを今後ももっと取り上げたいです！

2021／9／2

＊２０２１年８月７日に配信した動画で「生活保護の人たちに食わせるくらいなら、猫を救ってほしい」「自分にとって必要がない命は僕にとっては軽いので。ホームレスの命はどうでもいい」などと発言、炎上。

そこまで全国の人々は応援はしてなかったよ

坂上忍

野々村真、コロナから快復したそうで。本当に良かった。

彼はフジテレビ「バイキングMORE」にリモートで出演し、坂上忍と一対一で話しました。ところが、込み上げそうになりながら「たくさんの全国の方々の、本当に、応援してくださる方々も……」とファンへの感謝を述べようとしたところで、坂上忍が仏頂面で「そこまで全国の人々は応援はしてなかったよ」と割り込む。

この坂上忍の発言に対して「批判の声が相次いでいる」と報じるネットメディアがありました。

ちなみに、坂上忍の一言のあと、野々村真は真顔になって「……そうね」と納得。その答えに坂上忍は爆笑。野々村真も笑って、「息苦しくなるからやめてくださいよ」、とやりとりが続きます。

つまり、長いつきあいの2人が一対一で話している状況なので、冗談としては一応成

福島瑞穂の追及に困った
丸川珠代は大量に「W」を出して
必死に威嚇していたね…
体をそらしてまで渾身の「W」を出す女
キャッサバ生える
※選択的夫婦別姓に反対する理由を
何も言えなくて問い詰められていた時の話ね

り立っていると思うんですよ。このメディアも、アンチの多い坂上忍を叩いておけばページビューが取れるから記事にしてるんでしょう。

ただ、この深刻なコロナ禍で、テレビでこんなやりとりを見せるべきかというと、それもまた微妙なところ。

この件はまだマシだとしても、「マジメに語る人をヘラヘラした態度で混ぜっ返す」というテレビのお約束にもううんざりしている人は多いはず。私はこれって根本的には「吉本しぐさ」だなあと思ってます。吉本と仲のいい今の自民党っぽさでもあります。

先日の雨上がり決死隊の解散報告動画でも、蛍原がひととおり解散に至った経緯を述べたところで、本来反省の弁を述べるはずの宮迫が「流暢にしゃべれるようになったね」と茶化し、結果としてこの態度は彼にとって大いに逆風となりました。政治の話で言えば、安倍晋三といい菅義偉といい、何か深刻に問い詰められているときにニヤニヤヘラヘラするのはいつもおなじみの態度です。

この笑いは、私は追い詰められてないよ、「マジ」じゃないよ、と余裕の態度を見せるためのものです。ネット上で諍いが起きたとき、文末にやたら「w」をつけながら他人を責め立てる人がいますが、ちょうどあれと同じ。真剣にやりとりする自信がないので、「お前を笑うほどの余裕があるぜ」と、態度だけで威嚇したいわけですね。こういう人って、怒ったり真剣になったりするのを「負け」だと思ってるきらいがありますね。

安田大サーカスのクロちゃんは、テレビでは酒乱でセクハラの常習犯（こんなことをネタにするのもどうかと思いますが）であり、それこそ何をしても「w」をつけて小バカにされそうな存在です。しかし、彼もコロナに感染し、症状が長引いて入院。アエラドットの連載「死ぬ前に話しておきたい恋の話」によれば、この頃はさすがに「普段、ボクのSNSは、アンチコメントがすごく多いんだけど、今回は真逆のコメントばかり」「今回は、かなり気を使わせちゃったみたいで、ほんとうにごめんね」という状態だったらしい。茶化していいときと悪いときって、大半の人はしっかり肌感覚で分かってるはずなんですよね。

2021／9／9

感想を必ずツイッターにあげて欲しいな〜

さだじぃ。

以前から妻・幸を含めて非科学的なものへの傾倒が見える鳩山由紀夫ですが、8月末のツイートはさすがに話題になりました。妻が主宰する会でヒーラーを名乗る「さだじぃ。」なる人物の講演が行われたそうで、みんなで「気の練習」をし、「科学を超えています」「癌や糖尿病などでお困りの方、是非治療をお薦めします」と堂々推薦してしまった。一線を越えてます。

さて、この「さだじぃ。」とやら、元首相が崇めるヒーラーなんだからさぞ威厳ある人物かと思ったら、非常に頻繁にブログを書く人で、野球と政治の話が好きな、よくいるミーハーなおじさんという印象。鳩山夫妻はむしろその俗っぽさに惹かれたのかもしれないが、過去のブログを見るとけっこうひどい。

彼はかつて2ちゃんねるに入り浸り、掲示板内で「遠隔ヒーリング」なることを行っていましたが、民主党を差別的ネットスラングで「ミンス党」と呼ぶなど、政治思想は

鳩山由紀夫はさだじぃ。が「施術」している
難病の子に「氣を当てた」ことまである。
鳩山
こうですかね
ホレホレ
さだじぃ。
この手の人によくいる
ノーマスク派ではなかった
名誉が好きな
さだじぃ。は文春に
載ることも
喜ぶんだろうなぁ…

2ちゃんねる直輸入のネトウヨ系。長いこと鳩山氏を「ポッポさん」と揶揄し、「暗殺される価値も無い人間」とひどいこき下ろし方をしています。一昨年になっても、「鳩山由紀夫ハトポッポがどこで何を言おうが、彼はコミュニケーション障害だからどうでもいい」とまで書いています。

ところがどうも昨年頃に鳩山夫妻と交流を持ったようで、その頃から手のひら返しで「鳩山さんのオーラもレインボー以上の色があんのよね」とベタ褒めしはじめる。今回は鳩山会館にお呼ばれして講演したようで、興奮収まらない様子を隠しもしない。会の後には元首相の鳩山氏を「運転手」として使ったことがよほどうれしかったようで、「講演が終わって総理が運転してくださって」「総理自ら運転する車で椿山荘でコーヒーを飲む」「ここに総理に運転させてる動画なんて貼り付けたりしたらマスコミが北品川に来たりするのでしばらくはやめとこ」と何度も何度も書いています。なんて下世話で節操のない人物だ！

鳩山氏がツイートをした経緯もブログではっきりしています。「講演会にその方（註：鳩山由紀夫）がくるのが初めてでらしく、さだじぃの話を聴いてくださるんですが感想を必ずツイッターにあげて欲しいな〜」「ここ念を押したいのでツィッターってカンペ用意しといてくださいな（笑）」と、ツイートを半ば強要したようなのです。それを安易に受け入れる元首相……。

これで思い出すのは、森友学園のこと。一国の首相が、籠池泰典なる怪しい人物に「安倍晋三記念小学校」を作って名誉校長を安倍昭恵にしたい、とおだてられて便宜を図り、そのことが巡り巡って財務省職員を自殺に追い込んだあの事件です。

重要な役職にいる人って、ふつうは自分の立場や名前が利用されることに最大限警戒するものだと思うんだけど、政治主張が対立しそうな鳩山氏も安倍氏もガバガバです。そういえば菅義偉の名前も息子が利用していましたね。次の首相は最低限その程度のことには気をつける人であってほしい……って、望みが低すぎていやんなるね。

2021／9／16

自分たちの生活リズムを考えるいい機会

アンエンユリ

ノーマスクで客が密集する様子が「密フェス」と呼ばれ問題になっている音楽フェス「波物語」に、「アンエンユリ」の2人が客として（もちろんノーマスクで）参加していたことが判明し、炎上したそうです。あ、アンエンユリは元E-girlsの須田アンナとYURINOが組んだユニット。YouTubeなどで活躍している女の子2人組だよ!

アンエンユリはツイッター上にそれぞれ謝罪文をあげました。この文章はそれなりに穏当なものでしたが、その後YouTubeの更新を1週間休んだ後にアップした弁解（?）の動画がさらなる炎上を呼ぶ。

2人はE-girlsの解散とともに所属事務所から独立してしまったのでこういう対応を不得手とするのは仕方ないですが、それにしても動画のオープニングから「皆さんどうもこんにちはアンエンユリです！（ピースサインで）イエーイ!!」では、そのあと何言ってもダメでしょうよ。あまりのことに笑っちゃったよ。

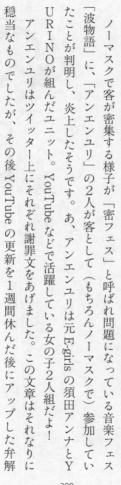

愛知 反省マッチ!!
反省すべき点は分かってるけど
絶対反省したくない人
誰が謝るか
業務にめいわくをかけております。
T. KAWAMURA
FIGHT!!
イエーーイ♡
アンエンユリらしくがんばるしかないからね!!
ANENYURI
そもそも何を反省すべきか
よく分かってない人たち

説明するまでもないけれど、一番の問題は、史上最大のコロナ禍にあって対策をほぼせずに、感染を拡大させかねない行為をしたことです。しかし彼女らは、反省の態度を示すはずの18分弱の動画内で、肝心のフェス参加について「してはいけないことをしてしまって」としか言いません。「ちゃんとその事実に向き合って」「私たちにやるべきことは、逃げることじゃなくてそれ（今回の騒動？）に向き合うこと」などと、「向き合う」は6回繰り返し、やたら何かと向き合ったのは分かりますが、「波物語」「コロナ」という言葉は一切出てきません。

2人の言葉をむりやりまとめると、「（何らかの事実に）向き合った」「ただ謝罪したりとか、なかったことのようにするより、こうして自分で話すのが今の時代っぽいし、アンエンユリらしい（「アンエンユリらしい」は4回言っている）」「駆け抜けてきたのでやりたいことが分からなくなっていた（「駆け抜ける」も6回言っている）」。長々と語った結果、「これからはYouTubeの更新回数を減らす」というわけのわからない結論に落ちついていました。そりゃ炎上もしますよ。

でもまあ、私はこの2人をこれ以上責めたいわけでもなくて。

この動画、謝罪するべき部分をおざなりにし、その次のステップである「ピンチの時に私たちはどうするか」に話が自然とすり替わっています。私はここがいかにも今っぽいなと思ったんです。

彼女らにとって反省とは、自分の行動を厳しく振り返ったり失敗の原因を探ったりすることではなく、なんらかの失敗を、自分の生活や考え方を改める単なる一つのタイミングにするということなんでしょう。なんなら彼女らは動画で、今回の過ちを「自分たちの生活リズムを考えるいい機会」とまで言っちゃってますからね。

そこには最近世間に蔓延する、「やってしまったことは仕方ない」と言って過去をことごとく水に流し、歴史を軽視する態度を「前向き」と言い切ってしまう傾向が出ているように感じます。ここ数年、表に出てくるインフルエンサーってこういう人が多いもんね。

2021/9/23

Glamorous Butterfly

氷川きよし

最近もまた、ポニーテールにニーハイブーツで熱唱する姿がアリアナ・グランデに似ていると話題になってますが、皆様は氷川きよし（最近はキーナと呼ばれているそうです）の変わりゆく容姿ばかり気になっていないか。曲だって気になりますよ。

8月にリリースした新曲「Glamorous Butterfly」は、氷川きよし曰く「大黒摩季さんにどうしても書いてもらいたくて」「気持ちをボンボン、ボンボン、摩季さんに伝えたら、全部、かたちにしてくださいました」と、氷川きよしの構想を大黒摩季が仕上げた新曲。自分の弱さを自覚しながらも強がって自由に生きる女の姿を歌い上げる、いかにも大黒摩季節の曲です。

さて、皆様、Glamorous Butterfly で検索してみてください。驚かれますよ。

これは、「女性が自分で選ぶ、女性のためのコンドーム」というコンセプトの、コンドームの商品名です（コンドームのほうのスペルは〝Glamourous〟で、わずかに異なりますが）。

しかも、この商品はかつてゴールデンボンバーがイメージキャラクターを務めたほどで、売れ線です。現時点でもこの名前でネット検索すると、この曲よりもコンドームの検索結果のほうが圧倒的に多いです。偶然の一致とは思えません。

そう思って改めて歌詞を見ると、「うわべの愛や友情はもういらない／恋しくて求めて愛に溺れる」「甘い蜜はどこにあるの？」「Kiss me and hug me／それだけで私優しくなれる／強くなれるの」「Glamorous Butterfly 放て」などなど、なにかセクシャルなものをほのめかしてる部分も多いし、氷川本人もMVについて「ちょっとセクシーすぎて、最後のほうは気をつけて観ていただきたいなと思います（笑）」とコメントしています。ちなみにその「セクシーすぎる最後のほう」は初回限定盤CDを買わないと見られないということなので、購入して見ましたよ！

8月のインスタで、MV撮ったときの
かなり濃いめのメイクの写真がありますが
リップが濃いのがよい
これがとっても綺麗なので
いっそメイク濃いほうがいいのではと…
余計なお節介ですが……

別に露出が過剰ってわけでもなく、好感の持てるセクシーさでしたよ。

ともあれ、売れてる女性向けコンドームの名称をタイトルにぶちこむなんて。非公認だと思うので商標権の面は少々心配ですが、こんなイタズラ心とジェンダーフリー意識のバランスは、なかなかお茶目だと思うんですよね。

最近の氷川きよしはインスタグラムで、「自分をすごく愛せていて自分をいつも信じている。そして心に気高いプライドも持っている」「私には生きていくことに絶対必要な愛と音楽」などと、強烈な自己肯定的メッセージを頻繁に発しています。最近の舞台衣装の方向性も含めて思うに、キーナはいわゆるＤＩＶＡになりたいはず。日本人でいうなら安室奈美恵や浜崎あゆみのような象徴的な立ち位置に行きたいはずだし、行くべきだと思うんですよ。もちろん、同時進行で演歌をやり続けることもできるでしょうし。

私がお節介ながら思うのは、ＤＩＶＡ方面のファンがまだ少なく、今の演歌中心のファン層では、今のキーナ本人が物足りないのでは、ということ。だから、曲もファッションも言動もアートワークも、もっともっとＤＩＶＡらしく突き抜けるべき。きっと安室・浜崎的なファン層まで届くと思うんだよ！

2021／9／30

「Glamorous Butterfly」作詞・作曲　大黒摩季

本書は「週刊文春」の連載「言葉尻とらえ隊」（二〇二〇年四月二十三日号～二〇二一年九月三十日号）を選抜・改稿し、まとめたものです。

本書の無断複写は著作権法上での例外を除き禁じられています。
また、私的使用以外のいかなる電子的複製行為も一切認められておりません。

文春文庫

皆様《みなさま》、関係者《かんけいしゃ》の皆様《みなさま》

定価はカバーに表示してあります

2022年2月10日　第1刷

著　者　能町《のうまち》みね子《こ》

発行者　花田朋子
発行所　株式会社 文藝春秋

東京都千代田区紀尾井町 3-23　〒102-8008
TEL　03・3265・1211㈹
文藝春秋ホームページ　http://www.bunshun.co.jp

落丁、乱丁本は、お手数ですが小社製作部宛お送り下さい。送料小社負担でお取替致します。

印刷製本・凸版印刷
Printed in Japan
ISBN978-4-16-791836-1

（　）内は解説者。品切の節はご容赦下さい。

能町みね子
オカマだけどOLやってます。完全版
実はまだ、チン子がついてる私の「どきどきスローOLライフ」。オトコ時代のこと、恋愛のお話、OLはじめて物語など、大人気イラストエッセイシリーズの完全版。（宮沢章夫）
の-16-1

能町みね子
トロピカル性転換ツアー
『オカマだけどOLやってます。完全版』の後日談。旅行気分で気軽にタイで性転換手術♪の予定が思いもかけない展開に!?　トロピカル感満載の脱力系イラストエッセイ。（内澤旬子）
の-16-3

能町みね子
お家賃ですけど
そして私は築40年を超えた下宿風アパートに戻ってきました。名前と性別を変えて……。著者が25〜27歳の時に出会った理想の家と愛すべき人々への偏愛と執着にまみれた自叙伝風小説！
の-16-5

能町みね子
逃北
つかれたときは北へ逃げます
たまの休暇も誕生日も、会社を辞めると決めた日も北へ向かった。現実逃避で安らぎで、自らのルーツを探して北を旅する「逃北」エッセイ。巻末に俳優・千葉雄大との特別対談を収録。
の-16-6

能町みね子
お話はよく伺っております
電車で、喫茶店で、道端で偶然に出会った、知らない誰かの知らないドラマを能町みね子が（勝手に）リポート！〈実録&妄想〉人間観察エッセイ。単行本未掲載のエッセイ15本も収録。
の-16-7

能町みね子
文字通り激震が走りました
議員、力士、芸能人から容疑者まで幅広い発言をチェックし、「週刊文春」で毎週とらえ続けた「言葉尻」約三年半分を一挙大放出！　人気企画「お騒がせ炎上ベスト10」も収録。
の-16-8

能町みね子
そのへんをどのように受け止めてらっしゃるか
鋭い観察眼と言語センスで巷に溢れる「言葉尻」をとらえ続ける「週刊文春」人気連載をいきなり文庫化。約2年分の局地的&国民的流行語が一冊に。著者自身が描いた挿絵も痛快！
の-16-9

林　真理子
マリコ、カンレキ！
ドルガバの赤い革ジャンに身を包み、ド派手でゴージャスな還暦パーティーを開いた。これからも思いきりちゃらいおばちゃんを目指すことを決意する。痛快パワフルエッセイ第28弾。

は-3-50

林　真理子
運命はこうして変えなさい
賢女の極意120
恋愛、結婚、男、家族、老後……作家生活30年の中から生まれた金言格言たち。人生との上手なつき合い方がわかる、ときめく言葉の数々は、まさに「運命を変える言葉」なのです！
は-3-52

半藤一利
漱石先生ぞな、もし
『坊っちゃん』『三四郎』『吾輩は猫である』……誰しも読んだことのある名作から、数多の知られざるエピソードを発掘。斬新かつユーモラスな発想で、文豪の素顔に迫ったエッセイ集。

は-8-4

畠山重篤
森は海の恋人
ダム開発と森林破壊で沿岸の海の荒廃が急速に進んだ一九八〇年代、おいしい牡蠣を育てるために一人の漁民が山に木を植え始めた。森と海の真のつながりを知る感動の書。　（川勝平太）
は-24-2

葉室　麟
随筆集
柚子は九年で
西日本新聞掲載の文章を中心とした著者初の随筆集。墓場鬼太郎、如水、るしへる、身余堂、散椿、龍馬伝、三島事件、志在千里など、とりどりのテーマに加え、短編「夏芝居」を収録。

は-36-5

葉室　麟
河のほとりで
小説のみならず、エッセイにも定評のある著者の文庫オリジナルエッセイ集。西日本新聞の「河のほとりで」を中心に、文庫解説やその時々の小説の書評も含まれた掌編集です。

は-36-9

長谷川洋子
サザエさんの東京物語
腕白で甘えん坊の町子を挟む串団子三姉妹とワンマン母。女ばかりの長谷川家が繰広げる波瀾万丈、涙と笑いに満ちた昭和の暮らし。実妹が長谷川町子の素顔を率直に綴る。　（江國香織）
は-47-1

（　）内は解説者。品切の節はご容赦下さい。

平松洋子
下着の捨てどき
夜中につまみ食いする牛すじ煮込みの背徳感。眉の毛一本の塩梅。すごく着たいのに似合わない服……誰の身にもおとずれる人生後半、ゆらぎがちな心身にあたたかく寄り添うエッセイ集。
ひ-20-12

東山彰良
ありきたりの痛み
幼いころ過ごした台湾の原風景、直木賞受賞作のモデルになった祖父の思い出、サラリーマン時代の愚かな喧嘩、そして愛する本と音楽と映画のこと――作家の魂に触れるエッセイ集。
ひ-27-1

藤沢周平
帰省
創作秘話、故郷への想い、日々の暮らし、「作家」という人種について――没後十一年を経て編まれた書に、新たに発見された八篇を追加。藤沢周平の真髄に迫りうる最後のエッセイ集。
ふ-1-50

遠藤展子
藤沢周平　父の周辺
「オバQ音頭」に誘われていった夏の盆踊り、公園でブランコを押してもらった思い出……「この父の娘に生まれてよかった」という愛娘が、作家・藤沢周平と暮した日々を綴る。（杉本章子）
ふ-1-91

遠藤展子
藤沢周平　遺された手帳
娘の誕生、先妻の死、鬱屈を抱えながら小説に向き合う日々――「藤沢周平」になる迄の足跡を、遺された手帳から愛娘が読み解く。文庫化に際し貴重な写真を数枚追加。（後藤正治）
ふ-1-97

福岡伸一
ルリボシカミキリの青
福岡ハカセができるまで
花粉症は「非寛容」、「コラーゲンは「気のせい食品」？　生物学者・福岡ハカセが最先端の生命科学から教育論まで明晰、軽妙に語る。意外な気づきが満載のエッセイ集。（阿川佐和子）
ふ-33-1

福岡伸一
生命と記憶のパラドクス
福岡ハカセ、66の小さな発見
〝記憶〟とは一体、何なのか。働きバチは不幸か。進化に目的はないのか。福岡ハカセが明かす生命の神秘に、好奇心を心地よく刺激される「週刊文春」人気連載第二弾。（劇団ひとり）
ふ-33-2

福岡伸一
やわらかな生命
福岡ハカセの芸術と科学をつなぐ旅

可変性と柔軟性が生命の本質。福岡ハカセの話題も生命と同様、八方へ柔軟に拡がる。貴方も一緒に、森羅万象を巡る旅に出かけよう。「週刊文春」連載エッセイ文庫版第三弾。（住吉美紀）

ふ-33-3

福岡伸一
変わらないために変わり続ける
福岡ハカセのマンハッタン紀行

福岡ハカセが若き日を過ごしたニューヨークの大学に、再び留学する。そこで出会う最先端の科学を紹介、文化と芸術を語る。科学も世界もつねに変化していく。（隈　研吾）

ふ-33-4

藤原美子
藤原家のたからもの

義父・新田次郎愛用のリュックサック、結婚後イギリスでもらったラブレターと夫・藤原正彦氏の想定外の反応……。捨てられないものたちが語りかけてくる人生の妙味、家族の記憶。

ふ-34-2

穂村　弘
にょっ記

俗世間をイノセントに旅する歌人・穂村弘が形而下から形而上まで言葉を往還させせつつ綴った『現実日記』。フジモトマサルのひとこまマンガ、長嶋有・名久井直子の「偽ょっ記」収録。

ほ-13-1

穂村　弘
にょにょっ記

奈良の鹿を見習って、他の県でも一種類ずつ動物を放し飼いにしたらどうだろう？　歌人・穂村弘の不思議でファニーな世界へようこそ。フジモトマサルのイラストも満載。（西　加奈子）

ほ-13-2

穂村　弘・フジモトマサル
にょにょにょっ記

妄想と詩想の間を往来する穂村弘の文章とフジモトマサルのシュールなイラストの奇跡のコラボ。気がつくとあなたは日常の裏側を散歩中。単行本未収録分も増補したシリーズ最終巻。

ほ-13-3

穂村　弘
君がいない夜のごはん

料理ができず味音痴……という穂村さんが日常の中に見出した「かっこいいおにぎり」や「逆ソムリエ」。独特の感性で綴る「食べ物」に関する58編は噴き出し注意！（本上まなみ）

ほ-13-4

（　）内は解説者。品切の節はご容赦下さい。

そして生活はつづく
星野　源
どんな人でも、死なないかぎり、生活はつづくのだ。ならば、つまらない日常をおもしろがろう！　音楽家で俳優の星野源、初めてのエッセイ集。俳優・きたろうとの特別対談を収録。
ほ-17-1

働く男
星野　源
働きすぎのあなたへ。働かなさすぎのあなたへ。音楽家、俳優、文筆家の星野源が、過剰に働いていた時期の自らの仕事を解説した一冊。ピース又吉直樹との「働く男」同士対談を特別収録。
ほ-17-2

よみがえる変態
星野　源
やりたかったことが仕事になる中、突然の病に襲われた。まだ死ねない。これから飛び上がるほど嬉しいことが起こるはずなんだ。死の淵から蘇った3年間をエロも哲学も垣根なしに綴る。
ほ-17-3

刑務所なう。完全版
堀江貴文
長野刑務所に収監されたホリエモン。鬱々とした独房生活の中でも仕事を忘れず、刑務所メシ（意外とウマい）でスリムな体をゲット！　単行本二冊分の日記を一冊に。実録マンガ付き。
ほ-20-1

刑務所わず。
塀の中では言えないホントの話
堀江貴文
「ほんのちょっと人生の歯車が狂うだけで入ってしまうような所」これが刑務所生活を経た著者の実感。塀の中を鋭く切り取るシリーズ完結篇。検閲なし、全部暴露します！　（村木厚子）
ほ-20-2

腹を抱へる
丸谷才一エッセイ傑作選1
丸谷才一
ゴシップ傑作選、うまいもの番付、ホエールルズ論、文士のタイトル、懐しい人——数多くのユーモアエッセイから厳選した〝硬軟自在、抱腹絶倒〟の六十九篇。文庫オリジナル。　（鹿島　茂）
ま-2-26

ザ・万歩計
万城目《まきめ》　学
大阪で阿呆の薫陶を受け、作家を目指して東京へ。『鴨川ホルモー』で無職を脱するも、滑舌最悪のラジオに執筆を阻まれ、謎の名曲を夢想したりの作家生活。思わず吹き出す奇才のエッセイ。
ま-24-1

万城目　学
ザ・万字固め
熱き瓢簞愛、ブラジルW杯観戦記、敬愛する車谷長吉追悼、東京電力株主総会リポートなど奇才作家の縦横無尽な魅力満載のエッセイ集。綿矢りさ、森見登美彦両氏との特別鼎談も収録。

ま-24-4

町山智浩
マリファナも銃もバカもOKの国　USA語録3
ハッパ（マリファナ）のためにカウボーイとヒッピーが握手する、そんなバカげた国のリアルな今をメッタ斬り。「イスラム国」からハリウッド女優のヌード写真流出まで！　（津田大介）
ま-28-6

町山智浩
トランプがローリングストーンズでやってきた　USA語録4
トランプが大統領候補に急浮上、ハッパでキメたカニエも出馬宣言？　アメリカは益々マッドに突き進む。週刊文春人気コラムの文庫化第四弾。澤井健イラストも完全収録。　（想田和弘）
ま-28-7

三島由紀夫
行動学入門
行動は肉体の芸術である。にもかかわらず行動を忘れ、弁舌だけが横行する風潮を憂えて、男としての爽快な生き方のモデルを示したエッセイ集。死の直前に刊行された。　（虫明亜呂無）
み-4-1

三島由紀夫
若きサムライのために
青春について、信義について、肉体について……わかりやすく、そして挑発的に語る三島の肉声。死後三十余年を経ていよいよ新鮮！　若者よ、さあ奮い立て！　（福田和也）
み-4-2

みうらじゅん
正しい保健体育　ポケット版
保健体育の教科書の体裁で、愛や性について説いた爆笑講義録。下ネタの隙間から、著者の深い人生哲学や人間の真理が見えてくる。累計12万部の人気シリーズを2冊合わせて文庫化。

み-23-3

みうらじゅん
人生エロエロ
「人生の3分の2はいやらしいことを考えてきた」でおなじみ「週刊文春」人気連載の文庫化。「男ってバカねぇ」と女性にも大好評、エロエロエッセイ80連発！　（対談・阿川佐和子）
み-23-4

文春文庫　最新刊

光る海　新・酔いどれ小籐次（二十二）　佐伯泰英
小籐次親子は薫子姫との再会を喜ぶが、またも魔の手が

かわたれどき　畠中恵
麻之助に持ち込まれる揉め事と縁談…大好評シリーズ！

まつらひ　村山由佳
祭りの熱気に誘われ、官能が満ちる。六つの禁断の物語

炯眼に候　木下昌輝
戦の裏にある合理的思考から見える新たな信長像を描く

千里の向こう　簑輪諒
龍馬とともに暗殺された中岡慎太郎。稀代の傑物の生涯

プルースト効果の実験と結果　佐々木愛
思春期の苦くて甘い心情をポップに鮮やかに描く短篇集

崩壊の森　本城雅人
日本人記者はソ連に赴任した。国家崩壊に伴う情報戦！

里奈の物語　15歳の枷　鈴木大介
倉庫育ちの少女・里奈。自由を求めて施設を飛び出した

ル・パスタン〈新装版〉　池波正太郎
日々の心の杖は好物、映画、良き思い出。晩年の名随筆

いとしのヒナゴン〈新装版〉　重松清
類人猿の目撃情報に町は大騒ぎ。ふるさと小説の決定版

生涯投資家vs生涯漫画家
世界で一番カンタンな投資とお金の話　村上世彰　西原理恵子
「生涯投資家」に教えを乞い、サイバラが株投資に挑戦！

切腹考　鷗外先生とわたし　伊藤比呂美
離婚、渡米、新しい夫の看取り。鷗外文学と私の二重写し

生還　小林信彦
脳梗塞で倒れた八十四歳の私。新たなる闘病文学の誕生

皆様、関係者の皆様　能町みね子
芸能人の謝罪ＦＡＸの筆跡をも分析。言葉で読み解く今

運命の絵　もう逃れられない　中野京子
美しい売り子の残酷な現実——名画に潜むドラマを知る

後悔の経済学　世界を変えた苦い友情　マイケル・ルイス　渡会圭子訳
直感はなぜ間違うか。経済学を覆した二人の天才の足跡